Biblioteca Umoristica Mondadori

Paolo Villaggio

CROCIERA LO COST

MONDADORI

Dello stesso autore
nella collezione Biblioteca Umoristica Mondadori

Caro direttore, ci scrivo...
Fantozzi saluta e se ne va
Vita, morte e miracoli di un pezzo di merda
7 grammi in 70 anni
Sono incazzato come una belva
Storie di donne straordinarie

Crociera lo cost
di Paolo Villaggio
Collezione Biblioteca Umoristica Mondadori

ISBN 978-88-04-59148-1

I edizione marzo 2010

Indice

Crociera lo cost

Agenzia di viaggio

Un filmato tipicamente pubblicitario: mare tropicale trasparente, spiagge bianche, palme, giovani donne in topless sorridenti e ammiccanti, tavolate piene di frutta esotica, palafitte sull'acqua, canti, balli e danze, con un grande sole che tramonta, i clienti tutti dai 18 ai 30 anni massimo, che ridono in allegria.

Una voce commenta le immagini. Chi parla, più che a un essere umano assomiglia a un rettile, anche la voce è quella di un serpente a sonagli:

«Poi le confesso che quelle ragazze sono tutte disponibili, impazziscono per gli italiani...»

Alle sue spalle una scritta: "Viaggi magici". Di fronte a lui, seduto, una specie di maiale di circa 65 anni sussurra: «Ma lei pensa che anch'io potrei sperare... anche se sono un po'...?».

«Ma che dice?... Le russe poi, perché molte sono russe, hanno una cultura diversa, hanno una preferenza assoluta per i cessi... No, mi scusi, volevo dire... per gli uomini maturi, distinti, come lei... Nella vita cosa fa... il macellaio?...»

«No, sono in pensione, ho lavorato quarant'anni in un ufficio postale di Firenze, a due passi da via degli Archi, sa dove c'è quel banco che vende il lampredotto?»

«Lei è un uomo fortunato, fra una settimana parte per le isole Felici, beato lei! Farà una scorpacciata di frutta tropicale ma, soprattutto, potrà mangiare vive quelle splendide russe che ha visto nelle foto. Tutte così, al massimo 19 anni...» e qui abbassa la voce «mica animali come quella vecchia ripugnante che è seduta lì sul divano...»

Il maiale: «Ma quella è mia moglie...».

Il serpente: «Ah, mi scusi, volevo dire... Bene, lei non viene da solo, quindi...».

«Porto anche la mia signora.»

«Magnifica idea! Così si fa un bel viaggetto di nozze!»

In una agenzia di viaggi di Potenza, quasi alla stessa ora, c'è una decina di persone. Ascoltano in silenzio. Chi parla è una specie di scarafaggio, con voce da scarafaggio, che spiega quali saranno i veri vantaggi della crociera: «Questa si chiama "Le sette perle del Mediterraneo", che sono: Savona, Capri, Atene, Istanbul, Tunisi, Maiorca e ancora Savona. Vedete, il dépliant dice: "Meravigliosa avventura in Mediterraneo, con visite alla bellissima città di Savona, l'incantevole isola di Capri, Atene, la culla della civiltà occidentale e Istanbul, l'abbraccio con l'Asia, con la vista meravigliosa delle moschee del Corno d'Oro. E ancora la magia del mondo arabo a Tunisi, il folclore spagnolo a Maiorca e, infine, Savona"». Purtroppo la verità è diversa, tutti quei disgraziati arrivano trafelati a Genova, solo il tempo di pagare il taxi, scaricare le valigie e di corsa sulla nave. «Veloci, veloci!» li incitano gli organizzatori. «Che la nave non può aspettare!»

«Ma la visita alla città?»

«Al ritorno, al ritorno, ora non c'è tempo...»

«Ma perché tutto così di corsa?» domanda qualche anziano che respira a fatica. E quelli, implacabili: «Non faccia domande stupide, ha almeno un'idea di quello che può costare all'armatore un'ora in più di sosta della nave?».

Il giorno prima della partenza il comandante Bruno Schiaffino parla agli ufficiali. È un uomo sempre molto profumato di una lavanda comprata in una tabaccheria sotto casa. «Signori, lo spirito fondamentale di queste crociere è l'allegria, quindi qualunque cosa spiacevole accada i passeggeri non ne devono venire a conoscenza. Non vorrei sembrare cinico, ma se un crocerista cade in acqua, che nessuno si sogni di dare il segnale di "uomo in mare", perché rovinerebbe il ricordo di una bella vacanza. Voi mi domandate: "Ammettiamo che succeda che qualcuno malauguratamente mora... muora..."» dal fondo «Muoia!» «Grazie!» fa il comandante «che si fa? Questa sarebbe una giusta domanda: i crocerísti poveri e sfortunati vanno occultati, perché va da sé che l'obitorio deve essere sempre vuoto: nelle liete crociere non muore nessuno. Vanno rinchiusi in sacchi di juta e poi scaricati tutti nella tappa di Tunisi, dove io ho un centro di raccolta; però mi raccomando, non ne fate mai parola con nessuno! A questo punto mi rivolgo al maestro di casa, che ha il compito di approvvigionare la nave. So che i cibi qui sono congelati, ma i nostri croceristi sono spesso anziani e il nostro centro di raccolta di Tunisi oltre un dato numero non ne accoglie... Perché la causa del 90 per cento delle morti violente dei croceristi è la qualità del cibo. E soprattutto mi raccomando, risate, tante risate e allegria! E lei direttore d'orchestra, prenda esempio dai musicisti del *Titanic*, che hanno continuato a suonare anche quando la nave stava per affondare.»

Il direttore d'orchestra: «Vuol dire che noi dovremmo fare lo stesso?».

«No, voi dovete affondare con la nave, continuando a suonare con grande allegria anche sott'acqua, perché per voi la nave non affonda mai! E a proposito di risate, quest'anno c'è una grossa novità. Voi sapete che purtroppo in ogni crociera ci sono sempre degli insidiosissimi barzellettieri. Questi stupidissimi animali troveranno la crociera divertente solo se riusciranno a piazzare le loro atroci storielle, freddure e soprattutto quei maledetti colmi di cui vanno pazzi... Ormai il passeggero medio li riconosce a distanza. Come?... A mio avviso li riconosce dall'odore, e quei malati non riescono più a piazzare neppure un colmo. Cominciano ad accumulare una pericolosissima tensione psicologica, che può degenerare in eventi incredibili del tipo: *"Allegro e simpatico signore dopo cinque giorni di crociera abbatte con una mazza da baseball nove passeggeri sul Ponte Sole di prima classe"*. E io questo lo voglio evitare accuratamente. In questa crociera, quindi, l'armatore su mio consiglio ha assunto una figura completamente nuova: il "ridiere". Ed eccolo qua, il primo di una serie che avrà molta fortuna. Venga avanti signor Dino Bombi! Ci dii subito qui una prova del suo talento! Io racconto, per esempio, una barzelletta, anche atroce, e lei deve ridere sgangheratamente e questo a ogni ora del giorno e della notte! Attenzione, però, signor Bombi, non rida come le potrebbe capitare disgraziatamente a metà barzelletta, ma solo alla fine. E adesso ci facci sentire una sua risata tipo.» Dino Bombi respira profondamente due o tre volte, come un sub che sta per immergersi, e poi parte: «Ah, ah, ah, ah, ih, ih, ih, uh, uh, uh, uh, ah, ah, ah, ah...». A questo punto diventa violaceo, ma stoicamente continua: «Ah, ah, ih, ih, uh, uh, ah, ah...» qui diventa cianotico e quasi blu notte.

Interviene il comandante: «Va bene, va bene, basta così!» e tutti i presenti applaudono.

La partenza

È il felice momento della partenza, la banchina è tutto uno sventolio di fazzoletti bianchi, sono degli accompagnatori: parenti anziani, rari amici e molti mariti. Questi ultimi sono felici, hanno accompagnato le mogli fino alla nave continuando a ripetere: «Ti rendi conto che jella? Proprio adesso quello stronzo m'ha obbligato a rimanere in ufficio, perché gli sono indispensabile... Vabbe'... » e qui abbracciano le mogli commossi «sarà per la prossima volta...», saltano in macchina, svoltano l'angolo, fanno solo cento metri e dopo una brusca frenata aprono la portiera a una collega d'ufficio con la quale hanno una relazione violenta da sei anni. Nei casi peggiori, invece, fanno entrare due sorelle russe o un travestito brasiliano.

Si mollano gli ormeggi: stelle filanti lanciate simbolicamente dal molo, le tre orchestrine di bordo che suonano *Arrivederci* o *Ciao ciao bambina* e poi la nave si muove lenta, le stelle filanti cadono in acqua ma lo sventolio di fazzoletti ha un'impennata. Sulla banchina un facchino domanda a un giovane padre felice: «Chi saluta?».

«Mia moglie, la vede? È sul terzo ponte, quella con il bambino in braccio. È il nostro primo figlio, ha solo sei mesi.»

E il facchino: «Come mai lei non parte?».

«Non me ne parli, quello stronzo del mio capufficio mi ha concesso le ferie dal 2 al 15 novembre e noi avevamo già prenotato e pagato la crociera. Così l'ho fatta partire con Niccolò.»

Intanto, la moglie col bambino in braccio: «Niccolò guarda papà, saluta!», lo alza su a due mani, si avvicina un passeggero che la urta: «Mi scusi!» e prosegue. Il bambino vola in acqua e la moglie rimane marmorizzata. Il padre sulla banchina ha gli occhi pallati e come un ossesso: «È caduto Niccolò! È caduto in acqua Niccolò! Fermate la nave!». Interviene un funzionario della compagnia in divisa: «Signore sia ragionevole, non possiamo fermare la nave per un bambino caduto in acqua!», e il facchino: «Belìn, ma siete matti? Era l'unico figlio!», il funzionario: «Signore ma lo sa quanto ci verrebbe a costare fermare la nave? Comunque stia tranquillo, è tutto a posto, se mi dà mezzoretta andiamo su in ufficio da me a stendere il verbale». Il padre gli sferra una cannonata sul naso, ma lo manca completamente e centra un pugile di tre metri, vestito da pugile con guantoni e tutto, che stava urlando verso la nave: «Ciao mammina! Non ti preoccupa...»... rissa laocoontica: pugile, padre, facchino, funzionario, due o tre parenti e una suora che salutavano.

Nel frattempo la madre a bordo disperata: «M'hanno buttato il bambino in mare! Aiutatemi!». Vicino a lei il vicecommissario, assieme ad altri marinai: «Ma come, le hanno buttato il bambino in mare?».

«Sì, è passato uno e m'ha buttato Niccolò in acqua, l'ha fatto apposta, ne sono sicura!»

L'ufficiale: «Signora si calmi, ma almeno ci dica chi è... ce lo indichi!».

«Ma non l'ho visto in faccia! Non è stato un incidente, l'ha fatto apposta, per fare un dispetto!»

«Vabbe' non si preoccupi, dopo la partenza andiamo giù dal commissario e facciamo la denuncia di smarriment...» non finisce la frase e si affloscia lentamente sul pavimento di tek.

A questo punto è doveroso aprire una parentesi per spiegare cos'è successo: è arrivato anche il nostromo, un cinquantenne sempre vestito di bianco che, sulla maglietta, porta scritto in blu il nome della nave. Si vanta spesso dicendo: «L'ho scelto io questo mestiere, mi invidiano tutti, ma non sanno che lavoro venti ore al giorno, sempre a disposizione del passeggero, che è un animale importante... no, volevo dire: un oggetto ingombrante... cioè scusatemi... una persona che va rispettata. La mia è una vocazione. Sono sempre a disposizione e non ho neppure il tempo per fare una doccia». A questo punto di solito alza le braccia per dare più enfasi alla frase, e qualche passeggero a distanza si affloscia lentamente, mentre quello più vicino cade a terra come folgorato. Infatti, a ogni alzata di braccia provoca perdita di sensi, cecità, afasia e crisi epilettiche. In questi casi i viaggiatori si rivolgono al barman: «Rapetti scusi, ha visto quello che è successo?» e questo sempre a rispondere: «Lasciate perdere, in tutte le crociere a ogni alzata di ascelle perdiamo almeno quattro passeggeri. Ma lui crede di essere assolutamente inodore». Una sera, sullo scalandrone reale, alcuni passeggeri stavano rientrando da una estenuante escursione a terra. Il nostromo li ha accolti con la solita squisita cortesia e in bocca aveva il fischietto del benvenuto. Disgraziatamente, assieme ai croceristi, era salito un tenente di vascello che aveva fatto il saluto al nostromo. Questi era scattato sull'attenti e ricambiando il saluto militare ha alzato il braccio: «Benvenuto tenente!». L'ufficiale si è afflosciato e il nostromo: «Tutte le volte che scendono a terra, si ubriacano come alpini...». Arriva il medico di bordo, certo Gino Colli, un veterinario, è in mutande e sussurra: «Scusate, stavo schiacciando un pisolino».

«Cosa avrà, dottore?» chiede il nostromo.

«Poi le spiego, ma non qui.»

Intanto la mamma di Niccolò sembra una statua di sale. Le si avvicina Carlo Fulci, un proverbiere alla prima crociera: «Signora vedrà, morto un papa se ne fa un altro». La statua di sale si anima improvvisamente e cerca di mollargli una poderosa borsata in faccia, lo manca, e stende un vecchio passeggero di circa ottant'anni sul quale si china la moglie: «Tesoro rispondimi!» gli tocca il polso. «Gli si è fermato il cuore! Lo sapevo, l'aveva detto la maga Rosalba di via degli Archi a Firenze, che saremmo morti entrambi durante il viaggio, ma non aveva detto subito, Madonna sul ciuco!».

Alla partenza, circa l'80 per cento dei cappelli volano in mare e tutti dal nostromo: «M'è volato in acqua il cappello!...» e il nostromo: «Non mi rompete le palle! È volato in acqua Niccolò, un bambino di sei mesi, e volete che mi occupi dei vostri cappelli?». Un turista, vestito da crocerista: «Nostromo, per favore, ha almeno idea di quanto può costare un cappello di Panama con un intreccio sottilissimo? Sa, quelli che si infilano in un tubo di legno di radica. Mi dii immediatamente il suo nome, data di nascita e codice fiscale, che faccio rapporto!». Il nostromo perde il controllo, prende una rincorsa di sei metri e: «Ma vadi a fare in culo! Imbecille!» e parte per una cannonata sugli stinchi. Lo manca e colpisce alla tempia la vecchia signora toscana curva sul marito.

I passeggeri intorno: «La profezia della zingara! Avete visto? Queste maghe non sono sempre delle truffatrici!». Il nostromo si china sui due, ausculta anche la vecchia e, rivolto ai marinai di ponte: «Rimuovete i cadaveri al più presto, che ci rovinano l'allegria della partenza. Nascondeteli da qualche parte e quando siamo fuori dal porto, buttateli in acqua!». Poi vede la povera madre, la prende sottobraccio: «Venghi signora, venghi al bar a bere qualcosa di forte, a lei è successo un piccolo incidente, ma nella vita c'è di peggio, sa?...».

Il labirinto sotterraneo

Ultimi saluti, sventolii di fazzoletti. I passeggeri raggiungono le loro cabine, o meglio cercano di raggiungere le loro cabine.

Al tè delle 18 nel salone di prima classe manca il 20 per cento dei croceristi... Dove sono? Persi nei meandri della nave: le navi sono degli insidiosi labirinti. Gli altoparlanti: «Il signor Tino Telli è pregato di recarsi nella sua cabina... I quattro fratelli Morbelli sono pregati di contattare la madre... Il signor Scavezzi, che manca all'appello dalla crociera alle Canarie di 14 mesi fa, è pregato di dare notizie alla famiglia a Faenza...».

Perché tutto questo? Perché i cartelli "You are here", con la freccia e il pallino rosso, sono tutti malignamente in inglese, lingua sconosciuta al 99 per cento degli italiani, che sono fermi a "turist", "passport", "dov italian restorant, per favor? Abbia pietà".

Vi raccontiamo l'odissea dei dispersi.

I disgraziati passano le prime dodici ore in allegria, scherzando: «Ma vi rendete conto, ci siamo persi come degli imbecilli...». Poi comincia a serpeggiare un po' di malcontento, perché incontrano dispersi di crociere precedenti, che non sono più riusciti a vedere la luce del sole. Molti si sono adattati e dormono all'obitorio facendosi un po' di spazio. Altri restano nascosti in sala macchine e si riconoscono perché sembra che vivano in una miniera di carbone gallese. Altri hanno trovato lavori molto umili nelle cucine. I più fortunati, nelle famigerate cambuse, che contengono cibi per trenta giorni per i tremila passeggeri della nave. È gente che rischia grosso, perché mangia solo alimenti surgelati e pieni di conservanti. Ad alcuni di questi disperati, col tempo gli occhi diventano bianchi come protei, ciechi, e sviluppano uno straordinario sistema radar da pipistrelli. Tutti, alla fine, perdono i contatti con le famiglie e con la realtà.

Le mogli di questi poveracci in genere si risposano con giovani extracomunitari di 19 anni, altre diventano lesbiche.

Altri gruppi di dispersi vivono un'avventura straordinaria: sono una lunga fila che ricorda quella dei ciechi del quadro di Bruegel, che si tengono per mano. In testa, un vecchio disperso da nove crociere: «Fidatevi di me» dice «conosco questo labirinto maledetto come le mie tasche. Venite, venite, scendiamo in sala macchine, che lì c'è un po' di luce. Ecco, ci siamo! Intravedete questa porticina? Ora la apro; attenti però, che c'è una lunga e stretta balconata di ferro che dà sulla sala macchine. Entrate con molta prudenza e attenzione a non cadere di sotto, è un volo di dodici metri. Seguitemi». Apre la porticina e la sorpresa del gruppo è inaudita: giù in basso ci sono trenta file di rematori, ogni fila è formata da quindici croceristi dispersi in viaggi precedenti, ci sono anche molte donne, alcune anziane. Sono in tutto 450 rematori incatenati alle panche, completamente nudi. Gemono e si buttano all'indietro, manovrando dei lunghi remi di legno. Su una specie di pulpito, all'inizio dei banchi di voga, c'è un gigante incappucciato di nero e a torso nudo, è bagnato di sudore e batte il ritmo come il timpanista della Filarmonica di Vienna su due grossi tamburi. Su una passerella molto stretta, che divide in due il gruppo dei galeotti, passeggiano minacciosi due lottatori di wrestling, anche loro coperti da cappucci neri. Hanno delle lunghe fruste di cuoio in mano con le quali, urlando, colpiscono a sangue quelli che rallentano il ritmo. Uno dei visitatori, smarrito assieme alla moglie, dalla balconata individua tra i vogatori una vecchia mummificata e, più indietro, due giovani immobili, con una strana rigidità. E poi a ben guardare, in fondo, ancora incatenato, uno scheletro. Un po' intimorito domanda al capogruppo: «Mi scusi signor capogruppo, ma quei quattro là sono...» e il vecchio: «Non faccia domande del cazzo! Guardi che questo è un lavoro molto faticoso...» poi squadra l'uomo e la moglie da capo a piedi: «Vedo che non crede a quello che le dico. Vuol provare lei?...».

«No, no, ci credo, eccome! E poi... non mi sento ancora pronto...»

«Invece sì!» e grida: «Capotamburo! Le ho portato due nuovi vogatori! La signora qui sostituisce la vecchia mummia e il marito va a prendere il posto dello scheletro in penultima fila!» Batte le mani e nell'oscurità si apre a sorpresa una porticina di cui nessuno s'era accorto. Ne escono due incapucciati di rosso che si avventano sulla coppia, la incatenano velocemente e scompaiono dietro la porta fantasma.

Il gruppo dei dispersi è ammutolito dallo spettacolo. I due disgraziati compaiono quasi subito nel corridoio dei fustigatori. Li hanno denudati completamente. Il tamburiere alza le braccia e grida: «Paaauuusa!». In un silenzio agghiacciante si sentono come i grugniti di due maiali che stanno per essere sgozzati. Poi il vecchio urla al capotamburo: «Ripasso più tardi a ritirare la mummia e lo scheletro, buon lavoro!» e agli altri passeggeri «Andiamo, la visita qui è fini... Fermi tutti! C'ho ancora una piccola formalità da espletare... Tu e tu!» afferra per le braccia i due passeggeri più vicini «venite, ho trovato un lavoro per voi!». Riapre la porticina e li spinge sul ballatoio. «Capotamburo! Ci sono due volontari per sostituire i due morti della quarta fila!»

Il gruppo esce dalla porticina e il capotamburo in basso: «Più energia, imbecilli! Che siamo in ritardo!».

Il gruppo dei dispersi superstiti è rimasto scioccato da quell'incredibile spettacolo: «Ma hai visto che roba? Chi lo avrebbe mai detto!». «Poveracci, pensare che gli avevano promesso un viaggio felice!» Ora sono immersi in una quasi totale oscurità. Solo delle piccole luci violacee appese alle pareti di metallo illuminano un ambiente irreale.

Il clima gioioso e scherzoso delle prime ore si è dissolto. «Ci scusi signor capogruppo, ma dove stiamo andando?» Una signora: «E poi stiamo perdendo i cocktail del benvenuto... io adoro le feste!». Un sardo pelato e con le mani sudate: «Guardi che è da cinque ore che siamo intrappolati in questo clima infernale! Altro che cocktail, qui rischiamo di passare nel ventre della nave l'intera crociera!».

Il vecchio capogruppo: «Non dire stronzate! Fra due ore siamo fuori... forse. Qui niente è sicuro. Venitemi dietro e, se ci sono dei credenti, preghino».

Avanzano per tre ore senza parlare nel silenzio suggestivo della luce violacea si sente solo il respiro affannoso di quei disgraziati e l'odore dell'olio delle macchine. Lontano e quasi attutito, il rumore dei motori a turbina.

Ecco finalmente che quell'intrico di corridoi di metallo si allarga e si intravede un certo chiarore. In una specie di stanzetta c'è un tavolo da cucina in legno. Seduti su vecchie sedie impagliate una decina di vecchi, tutti dai 75 ai 90 anni. Al centro del tavolo un fiasco di vino rosso: "Chianti Capezzana 1946". Stanno mangiando in silenzio una minestra di pan bollito e patate. Succhiano da cucchiai di latta rumorosamente, come maiali ungheresi.

Il nostro gruppo entra. Il vecchio capogruppo: «Oilà! Come la va? Chi non muore si rivede! Speravo che in tanti anni sareste riusciti a tornare alla luce del sole. Ma in fondo sono anche contento di rivedervi!». Quelli non rispondono, sembrano un po' umiliati per essere stati sorpresi ancora lì. Il capogruppo: «Tutti ancora vivi?», nessuna risposta. Poi una vecchia: «No, el bocia ze morto a 76 anni. El zera stanco de questa vita e si è allontanato nel buio. Ha lasciato un biglietto sulla sua branda: "Addio, non ne posso più. Vivere con voi è stato terribile. Vado a farla finita verso gli assi delle eliche, mi farò guidare dal rumore delle grandi pale di ghisa"»; il capogruppo: «Be', in fondo siete stati fortunati...»; un vecchio di 90 anni ormai quasi cieco: «Vuole prenderci in giro? Noi siamo stati cacciati all'inferno ancora vivi e felici. Io non meritavo di passare gli ultimi 50 anni della mia vita in quest'incubo. Lo sa che è quasi 46 anni che non leggo un giornale?». Una vecchia al suo fianco: «Ma che te frega! Che sei cieco. Scusate sono la moglie, quando ci siamo imbarcati abbiamo perso la casa e il lavoro. E poi per canali incredibili c'è arrivata la notizia che i nostri figli, quando siamo scomparsi, dopo solo due settimane hanno fatto una festa di due giorni al ristorante Da Checco er porcaro a Trastevere» e rivolgendosi al marito «sempre a lamentarti tu, alle volte mi viene il sospetto che tu finga di essere cieco, così sono costretta, due volte al giorno, a lavare questi maledetti piatti di alluminio!». Uno dei nuovi sussurra: «Ma perché non usate piatti e cucchiai usa e getta di plastica?»; la vecchia: «Prego?» e quello: «Niente, niente. Canticchiavo».

Al tavolo di fronte a loro una vecchia ubriaca: «Vivà il Chianti! Io mi ero imbarcata per il viaggio di nozze. Mio marito mi aveva sposata solo per i miei soldi e sapete che quando mi sono persa lui è andato alla festa di benvenuto, non ha neppure fatto la denuncia di smarrimento ai commissari?».

Il gruppo dei nuovi circonda il tavolo; sono tutti in piedi, quasi storditi da quello spettacolo. Nel silenzio, al signor Tino Verri di Perugia trilla nella tasca dei pantaloni il telefonino: «Pronto? Franca mi senti? È mia moglie» dice «non ti preoccupare... sì capisco, otto ore fanno pensare al peggio ma, credimi, potrebbe essere un'avventura...», balza in piedi il vecchio cieco: «Avete sentito? È il campanello dell'incendio nave! È la fine! Vi anticipo che non vi saluto neppure». Una passeggera del nuovo gruppo dispersi: «Be', forse ha ragione lei signor Verri, potrebbe essere un'avventura straordinaria. Però adesso chiamo con il portatile il mio fidanzato, prima che si fidanzi con qualche "velina"». Un altro: «Guardi che io ho tentato, ma non c'è molto campo». Un giovanotto: «Provo allora a collegarmi a Internet con il cellulare, forse siamo in wireless...», e una ragazzina: «In ogni caso vi salvo tutti io con il mio navigatore satellitare e se non funziona ecco il mio mitico computer tascabile, ho un *hag*, così lancio un messaggio di aiuto in Rete. Certo che se fuori non c'è campo...».

Un signore di Gavi: «Non ti preoccupare, è possibile collegarsi direttamente al satellite Eureka».

Il gruppo dei vecchi dispersi è ammutolito dallo stupore, smettono di succhiare la zuppa di pane, e il vecchio cieco: «Ma chi cazzo siete? Venite da Marte o ci prendete per il culo?», e la moglie del cieco: «Sta' a sentire vecchio imbecille, quanti anni è che sei chiuso qua dentro? Cinquanta? Non pensi che ci sia stato un certo progresso dal tuo telefono nero a parete? Signori, noi siamo senza notizie dal mondo esterno da un sacco di tempo; quando ci siamo persi, le cose andavano avanti molto lentamente.

Vi confesso che da quel poco che avete detto, ho la sensazione che ci sia stata un'accelerata nella qualità della vita del tutto imprevedibile dai tempi dei telegrammi. Beati voi, vi invidio». Un quarantenne di Lodi, pieno di orecchini, tatuaggi e con i jeans strappati, si siede vicino alla vecchia: «Cara signora, non la voglio tranquillizzare, ma se potessi tornerei indietro, perché lei non sa cos'è l'inquinamento e il traffico di quei nuovi mostri che sono le megalopoli nelle quali siamo condannati a vivere». E la vecchia: «Ma tutte quelle diavolerie che avete tirato fuori, non rendono la vita un po' più facile?».

«Sicuramente, ma abbiamo perso la possibilità di scomparire, di nasconderci e, mi creda, siamo più infelici di voi.» Il cieco: «Conosco gli uomini: volete consolarci, ma in questo modo, come sempre, ci prendete per il culo!». Interviene la ragazzina: «Signore, si fidi di questo vecchio quarantenne; lei non lo può vedere, è vestito da clown. Ma, in fondo, dice la verità», il cieco: «E allora perché non vi fermate qua a vivere con noi? E distruggete tutti quei vostri strumenti magici?». Il gruppo dei nuovi si azzittisce, poi la ragazzina dice: «Mi piacerebbe tentare di usare la macchina del tempo, ma preferisco andare ancora avanti. Il progresso va ormai a una velocità incredibile e io sono troppo curiosa».

Il cieco: «Va bene, buona fortuna, ma prima di salutarci vi voglio fare qualche domanda: Aldo Moro è diventato presidente della Repubblica?», e il quarantenne con gli orecchini: «Ma certo! È un politico troppo geniale» e il cieco: «Sicuro che lo è! È l'uomo del "Compromesso storico" no?! E poi è un animale politico straordinario, già allora aveva capito che per ottenere consensi bisognava fare molti comizi nelle piazze e, alle volte, parlare anche alla radio, che a quei tempi si usava poco, ma ora scommetto che è il mezzo di persuasione più efficace, quasi una vera dittatura...». La ragazzina: «Be', veramente adesso c'è la televisione...».

«Come ha detto?»

«Niente, niente, volevo solo dirle che lei è un buon profeta.» Uno dei nuovi: «Ma ditegli la verità! Ditegli che ci sono addirittura i blog su Internet, e che anche gli attori comici possono modificare il corso della storia!».

Il vecchio cieco: «Non ho capito bene, cosa sono questi blog?». La ragazzina gli si avvicina, gli accarezza una mano dolcemente: «Sono un tipo di minestra di pane bollito, più o meno come questa».

Il cieco: «E il calcio? È diventato lo sport nazionale? E la domenica, le famigliole vanno ancora nei "popolari" degli stadi con i panini al salame? Quelli sono rimasti sicuramente pomeriggi tranquilli, perché noi italiani siamo gente buona e mansueta. E Piola, gioca ancora?».

Il tatuato: «Come no!».

La ragazzina lo abbraccia: «Vedi nonnino, non è cambiato niente».

Il gruppo dei "nuovi" si allontana, poi si voltano tutti e vedono che intorno al tavolo di legno i vecchi dispersi sono più felici, e brindano con il Chianti Capezzana 1946.

Il quasi cieco

Il capocommissario, che è stato bombardato per quarantott'ore da richieste di notizie sugli scomparsi, il secondo giorno appende un cartello sopra il banco del suo ufficio: "Da questo momento non si danno informazioni sui passeggeri mancanti: coraggio". Le domande sono di due tipi: amici e figli che sinceramente addolorati per la loro mancanza chiedono aiuto ma, soprattutto, molte mogli che, felici di essersi liberate dei mariti, sono terrorizzate dall'idea che potrebbero farcela a riemergere dal ventre della nave. In questi ultimi casi la domanda è: «Mi scusi, voi che avete una certa esperienza, c'è il pericolo che tornino?». Queste poverette leggono il cartello e formano dei gruppetti pieni di autentica ansia. Lì, appiattati dietro delle finte piante di rododendro, ci sono sempre dei marinai. Ogni tanto ne esce uno allo scoperto: «Silenzio signore! Per favore. Se volete notizie ci sono qua io». Grande brusio. «Ho detto silenzio, per favore! Io vi voglio tranquillizzare; noi marinai, data la nostra esperienza, vi possiamo dire esattamente come vanno a finire queste avventure. Però attenzione: io e i miei colleghi, che voi non potete vedere perché nascosti dietro a quelle piante, o travestiti da abat-jour, e i più abili fanno i divani, vi chiediamo di pagare in anticipo le notizie sui vostri mariti. Non possiamo, purtroppo, accettare assegni ma solo contante, o piccoli lingotti d'oro che il collega anziano peserà sulla sua bilancina portatile. Signore avanti con il pagamento, sono solo 500 euro a marito.»

Passano dieci minuti. Ancora il marinaio portavoce di quel gruppo di benefattori: «Signore ci siamo! Una triste notizia: quasi mai i dispersi sono tornati alla luce» poi fa una pausa. «In ogni caso, complimenti.»

Subito un tumulto di gridolini di gioia e abbracci esagerati tra le nuove vedove. I marinai che danno le notizie sottobanco si appartano in un sottoscala per dividersi il malloppo.

Le nuove vedove si lasciano travolgere da un entusiasmo esagerato: alzano quasi tutte le gonne e accennano senza la musica passi di can-can; una non giovanissima di quasi 78 anni si denuda e comincia una orripilante danza del ventre. Compare un Cappuccino, silenzio di grande imbarazzo e quello: «Signore, non vorrei essere frainteso, io sono qui per aiutarvi ed esercitando da anni la magia nera brasiliana kim-banda, dietro pagamento di una miserabile cifra in monete d'oro, che sarà devoluta in beneficenza a mio favore, eseguirò qui un rituale che vi garantirà la scomparsa sicura dei vostri compagni che voi mi fate capire di amare con sincero affetto». Raccoglie le monete in uno di quei sacchetti per le elemosine che si usano nelle chiese. Poi accende una candela sul pavimento, estrae da sotto la tonaca una zampa di coniglio e comincia a ondeggiare molto lentamente. Canta: «Barsa barsa, vi confermo la scomparsa. Tutte in coro ora! E battiamo le mani! Barsa barsa vogliam tutte la scomparsa!».

Durante la cerimonia passa il comandante Schiaffino vestito di bianco. Sorride, e con la mano fa un gesto come a dire: "Continuate, continuate...". Poi aggiunge: «Buona fortuna».

Fuori, intanto, è una bella giornata, il mare è calmo come un lago. La nave scivola a ventidue nodi. Lontano e attutito dalla distanza si sente il vibrare delle turbine.

Verso poppa c'è la seconda classe e qui prendono il sole, al fumo delle ciminiere, i passeggeri imbarcati con la formula ormai collaudatissima "last minute". Facce scure come minatori gallesi che vivono in miniere di carbone, camicie grigie per la fuliggine, occhi bianchi e denti bianchissimi, ricordano il mitico cantante americano Al Johnson.

Verso prua, invece, prendono il sole i passeggeri di prima classe. Uno di questi è il signor Fulvio Carosi; è giovane, elegante, sempre vestito di bianco, ma ha gli occhiali a culo di bottiglia e continua a infrangersi sulle vetrate. Un passeggero gli domanda: «Ma non le converrebbe usare, per essere più protetto, un bastone bianco?».

«Ce l'ho! Ma faccio queste crociere perché sono a caccia di qualche compagna, e il bastone bianco, lei capisce, potrebbe essere un handicap...»

Terrificante suono di gong, perché c'è una vetrata aperta a metà; il passeggero al cieco: «Ma ha sentito questo inquietante rumore? Mi ricorda un mio viaggio in Thailandia, dove... dove... ma dove è finito, scusi?...». Si volta e vede che dietro la parte chiusa della vetrata un gruppo di camerieri e passeggeri stanno sistemando sul bancone del bar il corpo inerte di un uomo vestito di bianco. Il barman, certo Rapetti di Camogli, calmissimo, gli spruzza in faccia un potente getto con la bombola del seltz: «Sono costretto a questi interventi almeno quattro volte al giorno. Saranno almeno due anni che lo dico al capocommissario Franco Marini: mettete dei segnali molto visibili sulle vetrate! Ma quello è un grosso imbecille!». Alle sue spalle, si volta il capocommissario in persona. Ha gli occhi pallati e iniettati di sangue. Dalle labbra gli fuoriescono due zanne giallastre da cinghiale maremmano: «Chi sarebbe il grosso imbecille?...». Il barman: «No, non è lei! È il capocommissario di un'altra nave! E poi scherzavo...». Il cinghiale maremmano: «Senta Rapetti, so che da tempo lei dice in giro che io sono un pezzo di merda...», l'aiuto barman: «Sì però almeno è sincero...», il cinghiale perde il controllo: «M'avete rotto i coglioni voi due!» e parte con una rincorsa di tre metri roteando il pugno destro per poi centrare in pieno naso il quasi cieco che proprio in quel momento ha ripreso i sensi e si sta sedendo. Carosi è andato giù dalla parte dei baristi, scomparendo alla vista dei presenti. Un silenzio inquietante. Il giovane barman si china, riemerge: «Signor commissario, questo dove lo sistemiamo? Direttamente all'obitorio, o lo buttiamo a mare?». Il capocommissario vibra dall'emozione e non riesce a emettere mezza parola. I denti sono rientrati, ma lui è diventato cianotico, balbetta: «Questo lo... Un momento, che ci sto pensando... Potremmo...». Intervengono alcuni passeggeri: «Convocare con un elicottero un imbalsamatore svizzero?», il commissario: «No, sarebbe una spesa enorme!», un altro passeggero: «Chiedere per radio se c'è a bordo un impagliatore di fagiani?», un altro: «Ma che fagiani! Ci vuole un impagliatore di animali di grosso calibro, come un rinoceronte...».

«È vero!» interviene una passeggera di Aosta. «Il vantaggio sarebbe che potremmo, dopo averlo svuotato, conservarne gli organi in formalina e cominciare un traffico clandestino! Però consiglio di buttarne a mare il cervello, perché questo mi sembra un imbecille. Come lei, signor commissario!»; l'ufficiale cambia nuovamente assetto: orecchie a punta, lunghi peli sui dorsi delle mani e un inizio di coda... «Come ha detto?» sibila. Il giovane barman: «Non si deve offendere signor commissario, la signora qui, però, ha detto la verità!». Mentre portano, trascinandolo per i piedi, il signor Carosi in infermeria, il "cinghiale maremmano" si avventa. Al bar scoppia un tumulto violento, molti passeggeri hanno perso il controllo, nitriscono come cavalli imbizzarriti, si azzannano alla gola, si strappano le orecchie a morsi, bottigliate sulla nuca, si forchettano ferocemente i dorsi delle mani, il tutto per solo nove minuti, ma veramente indimenticabili. Il capocommissario è rimasto in mutande, senza l'orecchio destro e perde molto sangue dalla bocca. Mentre si allontana dice flebilmente: «Per oggi può bastare... La prossima volta cerchiamo di risolvere questi dubbi a parole».

Mezz'ora dopo i camerieri che puliscono la zona trovano sul pavimento molte bottiglie rotte, nove scarpe scompagnate di cui due da donna, tre orecchie destre e una sinistra. Un cameriere dice: «Questa è meglio metterla da parte, perché è del signor commissario», un marinaio: «E tutte queste dita? Cosa ne facciamo?». E il barman: «Recuperatemi gli anelli e buttate tutto in mare!».

Il barzellettiere

Sera: luna piena che si riflette sul mare formando un lungo nastro argentato. Appoggiato al parapetto del Ponte Sole c'è un corteggiatore implacabile di 52 anni di Rimini. Vicino a lui una passeggera tedesca: 50 anni e grassa come un maiale della bassa Pomerania.

«Mi deve scusare questa quasi aggressione» fa lui «io sono un fabbricante di pentole di terracotta ma, soprattutto, un dolce poeta. Guardi il nastro d'argento che sul mare segue la luna...» e il maiale di Pomerania: «Lei è fero romanticio» e le cade il fazzoletto per terra. Il poeta si abbassa velocemente e per lo sforzo gli scappa un piccolo peto. Fortunatamente inodore.

«Prego signora, le porgo il suo fazzoletto.»

«Krazie, ma lei non sentito piccolo strano rumore?»

Il poeta ansima leggermente. «Quale rumore, di che tipo?».

«Quello ke fa spesso mio maiale dentro porcile. Ha capito cosa dicio?»

«Sinceramente no signora, deve essere un'illusione ottica, tipica di queste notti di luna piena.»

A venti metri fa la sua prima apparizione una delle insidie più agghiaccianti in nave: il barzellettiere. È un animale pericolosissimo, che può rovinare viaggi in Transiberiana, visite alla barriera australiana con barche a fondo di vetro e tramonti a Katmandu, quando gli 8000 innevati illuminati dal sole hanno un colore rosa esaltante. Il barzellettiere non ha nessun interesse per eventuali miracoli che lo circondano, ma è solo preda di una spaventevole malattia: aggredire i suoi compagni di viaggio con atroci colmi e barzellette. Aspetta come un ragno velenoso ogni piccola pausa della conversazione e attacca: «Approfitto per raccontare una barzelletta...». Col passare del tempo diventa più insidioso, cambia tattica, ha imparato ad aggredire alle spalle e attacca con: «Pierino alla maestra...» e qui fa una piccola pausa sapiente «come si chiamano gli abitanti di Creta?...» e il più delle volte ride lui e quasi mai gli ascoltatori. Poi, nel corso della sua carriera spesso passa ai colmi, che sono pugnalate non prevedibili: «Se la museruola si mette sul muso, dove si mette la cazzuola?».

Gino Gini, un cretino di 43 anni, un topo alto 1,64, è uno di questi e, purtroppo, è un tipico crocerista. È completamente pelato e cerca di nascondere quell'atroce ginocchio che ha al posto della testa con un riportone di 96 centimetri di capelli tinti di nero ebano, che dall'orecchio sinistro arrivano, "sinistramente", ad agganciarsi alla basetta destra. Infine, ventrone teso come un tamburo, dovuto a una pressione intestinale di sei atmosfere. Di notte, i suoi vicini di cabina sentono uno scorreggìo incessante e lui si chiude a doppia mandata.

All'inizio gira per la nave cercando consensi: «Io non sono invidioso, sono un uomo molto buono e voglio molto bene al mio prossimo; lo si capisce, del resto, da come sono sempre disposto ad ascoltare la gente». In realtà è divorato da un'invidia violenta per tutto ciò che lo circonda e questa autentica malattia gli causa ulcera gastrica, colite intestinale ed è destinato anche all'infarto miocardico. È cattivo come un cobra nero che uno calpesta a piedi nudi di notte nella giungla indiana. Odia ferocemente tutti quelli che lo circondano. Non ascolta mai nessuno, perché non sopporta la voce umana. Quando vede un gruppo di persone che parlano amabilmente, si piazza in mezzo a loro sorridendo e finge di ascoltare, ma in realtà aspetta solo una micro pausa della conversazione e attacca: «Il colmo per un falegname?» ridacchia e purtroppo si vede che gli mancano quattro incisivi: due sopra e due sotto. «Portare la moglie scollata a una festa!»

Vaga angosciatissimo per la nave, non vuole ascoltare nessuno perché non saprebbe che dire, vuole solo essere protagonista. Cerca un pubblico e per questo usa l'unica sua miserabile arma: la barzelletta, appunto.

È a prua e c'è un po' di vento; lui aggredisce di spalle quattro ragazze di Benevento: «La maestra a Pierino... Pierino, come si chiamano gli abitanti di Creta?», purtroppo proprio in quell'istante una sventolata più forte fa partire il riportone. Uno spettacolo allucinante: al posto della testa un ginocchio con attaccato un bandierone di capelli tinti che sventola frustando le facce delle ragazze spaventate. Le ragazze scappano inorridite e lui, cercando di riacchiappare al volo il riportone, gli grida dietro: «Si chiamano... » e poi, sommessamente: «Ma porca puttana! Vabbe', finisco la barzelletta da solo. Si chiamano cretini» e ridacchia sinistramente.

Dalla plancia lo vede il comandante Schiaffino: «Serve qualcosa?», lui non risponde, tiene fermo a due mani il riportone e attacca: «Il colmo per una suora?» e il comandante: «Come ha detto? Non si sente!».

E lui: «Sto urlando! Il colmo per una suoraaa!».

Il comandante Schiaffino chiama altri due ufficiali: «Venite qui per favore, datemi una mano; c'è un passeggero in gravi difficoltà» e poi urla «Signore! Mimi quello che mi vuole dire!». Il disgraziato cerca di mimare una suora cappellona, stacca entrambe le mani dal riportone che si trasforma nel maledetto bandierone di capelli tinti di cinque metri. Lo spettacolo è impressionante e il comandante Schiaffino ordina: «Presto! Cercate di soccorrerlo prima che un colpo di libeccio se lo porti in mare!».

L'animatore

Sono le dieci di sera, il mare è sempre molto calmo, si dovrebbero vedere i profili neri delle isole Eolie. Ma i croceristi, purtroppo, sono quasi obbligati ad andare a divertirsi nel salone delle feste.

Ogni crociera ha il suo animatore di serate, Tino Carli è uno di questi, un cinquantenne dal ventre gonfio dei malati di fegato, capello tinto rossastro alla Berlusconi con ricrescita bianca, tacco mascherato di dodici centimetri e fronte piena zeppa di perline di sudore. Tino Carli odia il barzellettiere, perché tutte le volte che cerca di uscire vivo dalle serate, si gioca la carta della barzelletta mascherata. E qui il maniaco, intuendo immediatamente le intenzioni di Carli, scende in campo raccontandola lui. Se poi il pubblico non ride dice spavaldo: «Mi scuso, ma che colpa ne ho? Io vendo giocattoli per i piccini. È lui che dovrebbe fare ridere di mestiere!».

Tino Carli, infatti, non strappa mai un piccolo applauso, né un inizio di risata. Con lui, il pubblico resta di marmo. In questi casi fa molta pena. «Vediamo! C'è qualcuno che vuol cominciare questo gioco? Dài che ci divertiamo! Vi garantisco che questo gioco fa sempre morir dal ridere!» Silenzio tombale. «Allora cerchiamo qualcuno che mi dia una mano... so che siete timidi, ma io so individuare gli animatori naturali, vediamo... lei signore, vero?...», sala tombale. «La serata deve andare avanti, allora ricorro al sorteggio con i vostri numeri di cabina. Allora, cominciamo: lei signore, qui in prima fila, che numero di cabina ha?» La moglie al suo fianco: «Non può parlare, perché è muto». E lui: «Vabbe', sentiamone un altro... Quel signore là in fondo, mi dichi il suo numero...».

Si alza un nano al suo fianco: «Sono il badante! Questo, purtroppo, è sordomuto!». L'animatore: «Ho capito... Vi racconterò una bella storiella!». Ecco che dal fondo irrompe il barzellettiere: «Fermi tutti, c'ho tre barzellette in canna io!». A questo punto il pubblico lascia, lento, la sala in silenzio. Ma il barzellettiere va dietro al branco: «Pierino alla maestra: "Signora maestra, come si chiamano gli abitanti di..." No scusate, ho sbagliato... La maestra a Pierino: "Come si chiamano gli abitanti di Cipro?"».

Dal fondo della sala una voce che sembra arrivare dall'aldilà: «Di Creta! Coglionazzo!».

La sala delle feste è vuota, seduto su una sedia il barzellettiere: «Vabbe', è lo stesso, me la racconto da solo: Pierino alla mae...». Dal fondo compare minaccioso l'animatore Tino Carli, ha una carabina M47 di produzione rumena: «M'hai rovinato la serata, imbecille maledetto. Adesso ti faccio veder...». Fortunatamente il nostromo, che ha una lunga esperienza di serate di gala, toglie la luce.

Il ridiere

Il giorno dopo siamo in vista dell'isola d'Ischia, c'è un po' di vento e il mare è increspato di bianco.

Dino Bombi, ingaggiato dal comandante, ha già piazzato, malauguratamente, due risate fuori tempo.

Una, poi, in maniera devastante: un avvocato di Nonantola è al telefonino con il suo oncologo di fiducia. La moglie è presente. Lui dice: «Hai il risultato della biopsia? Non aver paura, ti prego, lo sai che io voglio che tu mi dica la verità... Cioè?... Tutta quella macchia scura sarebbe... E quella piccola, piccola, chiara?...» e qui la voce dell'avvocato si spegne penosamente «L'unica parte sana eh? Insomma» conclude mestamente «una notizia molto divertente!...».

Il ridiere ufficiale sente l'ultima parola e si avventa: «Ah, ah, ah, ah, ih, ih, ih, uh, uh, uh, uh, ah, ah, ah, ah... Mio Dio c'è da morire dal ridere!». La moglie estrae da una tasca un taccuino: «Mi dii il suo nome, maleducato! Taglia, numero di scarpe, circonferenza della testa e girocollo». L'avvocato di Nonantola interviene sempre con voce cimiteriale:

«Non si preoccupi, mia moglie ha fatto la costumista in una serie televisiva sfortunatissima».

Siamo al bar, sono le due di notte, il ridiere Dino Bombi sta crollando per la tensione: è dalle otto del mattino che gira per la nave cercando disperatamente di piazzare la sua risata. Ha paura che il comandante, che è un uomo molto severo, venga a sapere che non ha mai riso. Arriva trafelato al bar Gino Gini, il barzellettiere: «Il colmo per un falegname?». Dino Bombi non aspetta nemmeno la risposta e parte con una risata isterica. Il barman con gli occhi gli fa capire che sta sbagliando tempo clamorosamente. Gino Gini implacabile ci riprova: «Qual è il colmo per un falegname?». Riparte Bombi con una risata tragica e Gino Gini: «Ma non deve ridere adesso! Deve ridere solo quando glielo dico io! Così mi rovina tutto!». Bombi smorza la risata: «La prego, signor barzellettiere-colmista, abbi pietà di me, sono un po' stanco, sono stato assunto come precario, mi dii una mano!».

«Mi dii una mano lei, piuttosto, si rende conto che queste sue risate fuori tempo per me sono delle tremende mazzate? Lei sarà un precario, ma io sono... sono...» L'aiuto barman: «Un malato di mente?».

«Grazie! Un malato che va compatito e poi, diciamo la verità, lei mi fa l'affronto di ridere non a metà di una barzelletta, che si potrebbe anche capire, ma prima di un colmo! Si rende conto?» Abbassa la testa, si copre il volto con le mani e comincia a piangere in silenzio.

Arriva al bar il comandante: «Che succede qui? Signore, c'è qualcosa che non va? Posso essere utile?». Alza di scatto il viso ancora pieno di lacrime Gino Gini: «Mi dichi subito il colmo per un falegname!», e qui il comandante rimane di marmo. Al suo fianco parte Bombi: «Fantastico! Veramente complimenti, lei è un colmista straordinario! C'è da morir dal ridere». Il comandante Schiaffino lo guarda come si guarda un cane senza le zampe anteriori e va via senza salutare. Rimangono tutti al bar in un silenzio innaturale. Rapetti il barman riempie due bicchieri di Sangre de Toro, un liquore spagnolo di 90°: «Coraggio, beveteci sopra! C'è di peggio nella vita!». Parte con una risata devastante Bombi: «Ah! Ah! Ah! Ih! Ih! Uh! Uh! Ohi, Ohi, Ohi! Oh mamma mia, soffoco dal ridere!».

Il colmista va via inferocito e il ridiere: «Ah ah ah! Uh uh uh!». Il capo barman: «Ma perché ride?».

«Non lo so, rido sempre fuori posto e pensi che mi sono anche diplomato a Bergamo a un corso che mi hanno consigliato perché molto serio. Io invece... abbi pietà signor barman.» Si copre il viso con le mani e comincia a piangere silenziosamente.

Rapetti, accarezzandogli la nuca: «Mi scusi, non volevo ferirla» e chiude le luci.

Il conoscitore di VIP

È domenica, piove, il mare è color piombo. Siamo vicini a Capri. Sono tutti dentro. Al bar di prima classe c'è un gruppetto di funzionari di banca, medici, avvocati, evasori fiscali, ladri (con la professione "ladro" indicata sul passaporto), tutti di mezza tacca, noiosi, stupidi, cattivi, che si guardano intorno come se fossero immersi in un magma di merda. Unico argomento è sputtanare colleghi non presenti e, appena si allontanano, anche quelli presenti. Mescolato a questo gruppetto di pezzi di merda c'è un animale strano, pochi capelli tinti malamente da un parrucchiere di periferia e dentiera tragica, che a ogni patatina fritta fa vibrare il bancone con un infernale ticchettio tipo telescrivente. Se poi il tale rischia una nocciolina, è come se da sotto il bar partisse un martello pneumatico. È il conoscitore di VIP.

Il gruppetto continua i discorsi "seri": «Altro che furbo, quello non ha mai pagato una lira! Ha preso la residenza in Inghilterra e ha creato una decina di società immaginarie per evadere il fisco». Un altro: «Chiamale società... quelle sono autentiche associazioni a delinquere...».

«Però bisogna riconoscere che è tutt'altro che stupido! Basta vedere le barche che ha a Porto Cervo, aerei privati all'Aviazione Civile di Linate... e la villa che ha comperato a Portorotondo nel Golfo di Santa Marinella...»

«Io non lo conosco bene, ma dicono che è anche simpatico...»

Con una prontezza straordinaria, s'intrufola il conoscitore di VIP: «Sì, è vero!». Il gruppetto si blocca e lo guarda e lui: «Io lo conosco bene, è come se fosse mio fratello!... Abbiamo fatto le scuole medie insieme, pensate, gli passavo i compiti e gli procuravo le ragazze, perché lui era molto sfigato...». Mentre parla il ticchettio della dentiera fa vibrare tutti i bicchieri sul banco. Uno del gruppo al barman: «Abbi pietà di noi, spenga questo maledetto motore!». E poi al vippista: «Ma davvero lo conosce?...» e il disgraziato: «Chi?... Ah, lui?» un po' incerto «be', adesso sinceramente è un sacco di tempo che non lo vedo...». Un altro: «Sì, ma da quanto?». Il disgraziato, mettendo in moto il "motore", mentre il barman tiene fermo il banco fulminandolo con un'occhiata: «Be', saranno... venti... ma che dico, anche trent'anni... Ci siamo persi di vista...». Il barman carogna: «Ma la moglie se la ricorda, no?». Il disgraziato: «So che le ero molto simpatico... ma non... mi ricordo più...». Il gruppo ride: «Ma che cazzo dici, quello era completamente frocio, si portava a casa delle marchette oscene! Soprattutto negri senegalesi!» e lo lasciano solo senza salutarlo. Il disgraziato allunga la mano verso la tazzina delle noccioline, ma il barman, con una prontezza di riflessi straordinaria, la fa sparire sottobanco.

Alle 11.30, vicino agli sportelli dell'ufficio del commissario, un gruppo di giovani ufficiali in bianco ascolta con rassegnazione il capocommissario: «Il comandante Rupolo? Ci ho navigato insieme nell'*Andrea*, nel *Federico* e nell'*Eugenio* per una trentina d'anni, pensate, e posso dire che come lo conosco io non lo conosce nessuno!». A questo punto, quasi per magia, ecco: prima il ticchettio maledetto da dentiera infame e poi lui: «Io...». Il capocommissario si volta un po' sorpreso: «Chi è che ha parlato?» e il vippista: «Io più che conoscerlo posso dire di essere stato un suo quasi fratello! S'abitava nello stesso quartiere di via Livorno a Genova, poi quando sono morti i suoi genitori è venuto a vivere a casa mia. Pensi che sono stato io a consigliargli l'Istituto Nautico e l'ho aiutato molto. E poi sinceramente, conoscendo io gente molto in alto al ministero della Marina... L'ho raccomandato...». Il capocommissario è imbufalito: «Ma guardi che forse lei sta equivocando, noi stiamo parlando del comandante Rupolo...».

«Certo! Siamo rimasti amici e ci vediamo spesso per delle belle rimpatriate!» E il capocommissario: «Ma che cazzo sta dicendo? Il povero Rupolo è morto ventidue anni fa di sifilide. E non era assolutamente genovese, era di Salerno e ha fatto il Nautico a Napoli...». Il disgraziato: «Forse ha ragione... Sto confondendo con un altro Rupolo...» e il commissario imbelvito: «E chi sarebbe quest'altro

Rupolo?... Mi dii il telefonino che gli voglio parlare subito!». Il disgraziato: «No aspetti! Forse è morto anche questo Rupolo qui...». Il commissario lo prende per il collo: «Non le permetto di infangare la memoria...» e il vippista: «No, io non infango... sto confondendo...». Il capocommissario lascia la presa con un'occhiata di disprezzo: «Guardi che se vengo a sapere che lei osa dire certe cose su un mio grande amico, come è stato il comandante Rupolo, la faccio buttare in mare!». Interviene il commissario "in seconda": «Sono d'accordo, la memoria di Rupolo va rispettata, anche se, mi scusi sa signor commissario, ma lei ha rivelato pubblicamente che è morto di sifilide. E qui lo dico e qui non lo nego, m'hanno detto che lei dice in giro che la malattia l'ha contratta dopo una lunga relazione anale con un sacerdote spagnolo. Che è morto anche lui di sifilide dopo atroci sofferenze». Pochi istanti e scoppia una rissa atroce. Si sputano in faccia violentemente, si addentano mugolando gli organi genitali. Il vippista, allora, temendo di essere squartato, si allontana furtivamente.

Alle dieci di sera piove ancora, ma leggermente. Seduti sugli sgabelli del bar, o appoggiati al bancone, ci sono sei croceristi sulla quarantina. Tutti mostrano vero disgusto per il passeggero tipo delle crociere a basso costo. La loro conversazione è lenta e noiosa. L'unico argomento di questi finti VIP è a senso unico: «Guarda quei due, poveracci, si vede che è la prima volta che escono dalla loro tragica tana. Guarda come sono vestiti!» e un altro serpente, con un ventrone da malato di fegato che respira a fatica: «Io c'ho l'occhio clinico! Quelli vengono da un tragico paesino nascosto tra le montagne d'Abruzzo, non possono che essere dei mercanti di fagioli!». Un altro finto VIP appoggiato al banco, magro come un ospite di quelle colonie elioterapiche tipo Buchenwald, graziosa invenzione di Hitler, dice: «Be', veramente anch'io sono di un paesino vicino a L'Aquila e sono un commerciante di fagioli». Quello col ventrone da malato: «No, scusi, non volevo offenderla, si vede che lei, anche se traffica in legumi e magari è nato tra le montagne d'Abruzzo, ha l'aspetto e il comportamento di un nobile! Anzi, scommetto che è un principe romano!» e lo scheletro: «Dài, non mi prenda per il culo! Non mi dica che io posso essere scambiato per il principe Odescalchi, che io non ho mai visto, neppure in fotografia...». Da dietro il banco emerge magicamente, sempre preceduto dal tragico ticchettio, il conoscitore di VIP: «Guardi signore, la voglio tranquillizzare, non ha perso nulla! Io il principe Odescalchi lo conosco molto bene: eravamo compagni di banco nel collegio svizzero di Rolle, sul lago di Ginevra, io l'ho aiutato molto, gli facevo copiare i compiti, ma lui poveraccio non ce la faceva proprio, vi confesso che gli volevo e gli voglio ancora molto bene, e lui ha conservato per me un'adorazione incredibile e siamo rimasti molto, ma molto amici. Pensate che mi vuole a tutte le sue feste di compleanno nel palazzo di piazza Santi Apostoli. A Natale poi, se non vado alla cena di mezzanotte con i vecchi principi s'incazza come una belva!». Uno appollaiato su uno sgabellone si lascia calare lentamente sul pavimento. L'aiuto barman: «È caduto il signore!». Il barman, sommessamente: «Che cazzo dici, scemo! È sceso! Non vedi che è un nano?». Il nano, che ha sentito: «Va bene, non sono molto alto di statura, lo devo riconoscere, anche mio padre non era un gigante, ma voglio fare una domanda all'amico del cuore del principe Odescalchi: è molto che non lo vede il principe?».

«No, lo vedo... sempre!»

«E quando è stata l'ultima volta che vi siete incontrati?»

«Be', ora, così su due piedi...»

«No, no, no, me lo deve dire proprio su due piedi, ora, subito!»

«Be', a occhio e croce...»

Il nano diventa aggressivo, ogni tanto abbaia, muove in maniera impercettibile una piccola coda: «Mi dichi quando è stata l'ultima volta!».

«Be', così a naso...» il nano gli azzanna una mano: «Lasci perdere, non le rimane che, a orecchio, mi dica quando, altrimenti le amputo l'indice della mano destra e lo ingoio senza acqua!».

Cala un imbarazzante silenzio sul bar. Il nano stacca la presa: «Senta, caro signore, io ho fatto prima l'aiuto in cucina a palazzo e poi il badante del povero principe per quasi ventidue anni, lo spingevo sulla sedia a rotelle, lui non riconosceva più nessuno e credeva di essere santa Teresa d'Avila. Il 3 marzo del 1985 a piazza Venezia, sulle strisce, io mi sono girato per guardare il culo di una, straordinario. Ho sentito come un colpo di vento violento; mi sono voltato ed ero a mani vuote: un autobus aveva portato via la carrozzella col principe incorporato... Ci siamo messi d'accordo con un vigile, che ha voluto ventiduemila lire, il guidatore dell'autobus, diecimila, e un passante che non ha voluto una lira e abbiamo concordato un verbale di misteriosa sparizione dell'Odescalchi. Poi, nottetempo, col vigile e il conducente dell'autobus, l'abbiamo buttato giù nel Tevere dal ponte di Castel Sant'Angelo. Lo sapeva lei?». Il conoscitore di VIP: «Noo! Non me lo dica! Ma quando è successo?».

«Gliel'ho detto: ventidue anni fa!»

«Ma mi dice una cosa incredibile! Pensi che lui non m'ha mai detto nulla!»

«E te credo!» ha detto il nano e tutti hanno riso sguaiatamente.

Il fichista

La nave ha dato fondo di fronte al porto di Marina Grande a Capri. Non c'è sole, non piove più ma, purtroppo, il mare è un po' agitato. I passeggeri sono tutti sul ponte a guardare quell'isola meravigliosa. Aspettano le lance per la visita a terra. E qui, purtroppo, compare uno degli animali più pericolosi che esistono in natura, è il fichista. È di una stupidità devastante, apparentemente molto allegro, si presenta subito dicendo: «Mi dovete scusare, ma io quella cosa lì ce l'ho sempre qui...» e col pollice unito al resto delle dita della mano si picchietta la fronte. Non tutti capiscono il messaggio e lui: «Ma andiamo! La fica! Sono proprio un maniaco, non penso ad altro! Notte e giorno... A me basta, scusate la volgarità, che una donna mi faccia sentire l'odore che io sono capace di braccarla in capo al mondo!» e qui fa una risata ripugnante di grande ammirazione per questa sua mania... Il fatto più orrendo è che è convinto d'essere l'unico al mondo contagiato da quel virus straordinario: il fichismo, appunto.

L'aspetto fisico di questo animale è tipico: sui quarant'anni, parrucchino, scarpe con tacco mascherato anche di dodici centimetri. Alla dogana prima dell'imbarco ha subito un'ispezione: «Si tolga le scarpe, per favore». Stava facendo il bellimbusto con due giovani donne che sono rimaste ammutolite, perché si sono improvvisamente trovate di fronte a un topo con pantalone di lunghezza imbarazzante. Il fichista è sempre profumato con una colonia di bassa lega, comperata alla tabaccheria sotto casa: «È il mio odore naturale» dice, ma al suo passaggio i cani starnutiscono e alcuni cavalli s'impennano con un nitrito di disgusto. Indossa una pancera elastica che gli viene stringata dietro la schiena dal portiere del palazzo, unico depositario di quell'atroce segreto. Dunque respira a fatica e, purtroppo, quando corteggia qualche disgraziata e s'inclina pericolosamente per liberarsi da una insostenibile pressione ventrale spera in una scoreggia a soffione non sonorizzata. Ma a causa della pancera gli fuoriesce un silenzioso, terrificante schizzo liquido che arriva fino ai calcagni.

La prima sera, al bar, il fichista ordina due pizze, sta corteggiando in maniera ripugnante una disgraziata sola come un cane. Arrivano le pizze fumanti, il cameriere dice: «Dotto', occhio che so' molto calde!». Lui non sente, perché è quasi sordo e dice: «Signorina, mi deve scusare, ma io addento, perché vado pazzo per la pizza!» e qui ride. «Ha capito il gioco di parole?... Vado pazzo per la pizza!...» e si avventa. Un urlo orrendo che arriva fino in plancia dal comandante. Lui risputa sul banco lo spicchione di margherita con attaccata la dentiera. Il comandante al nostromo: «Vada a vedere che è successo, non vorrei che fossimo stati speronati da una portaerei americana».

Nonostante il busto alla Rossella O 'Hara di *Via col Vento* il fichista esibisce un ventrone disgustoso e ha l'alito di chi, al mattino, mangia abitualmente uno stronzo al piatto. Ma questo suo scarso appeal fisico non è certo il male peggiore. Il comportamento del fichista, infatti, è atroce: si aggira armato di alito fognato e feroce colonia da supermercato, alla ricerca di prede. Un giorno adocchia nel salone di prima classe tre tavoli di quella spaventosa categoria di "nuovi ricchi" di mezz'età, passeggeri che hanno subito la truffa della crociera felice e che in genere comprano soia in Argentina, sono rappresentanti di trattori agricoli o importatori di mussole indiane dallo Sri Lanka. Stanno giocando a tressette, purtroppo non sono ancora arrivati al bridge, che è un privilegio dei ricchi veri. Sono sei mariti che, nonostante il tentativo di travestimento da croceristi, restano drammaticamente importatori di granaglie, venditori di stoffe, rappresentanti di trattori agricoli. Alcuni hanno ancora le mani callose di un passato da braccianti. Le sei mogli sono truccate e vestite con scarpe appuntite in maniera paradossale, due addirittura con calze a rete che, se lasciate di notte in qualche zona tipo tangenziale, possono essere arrestate da una volante e portate al più vicino commissariato. Si avvicina l'insidia mortale del fichista. «Dispiace se assisto? Vado pazzo per il bridge!» Uno con le mani come due badili: «Magari! Noi semo fermi ancora al tressette...» Il fichista: «Vi devo subito confessare che io non capisco niente di giochi di carte, sono qui perché sono affascinato da queste belle signore... Sono le loro mogli?». Uno che sembra Pacciani, il mostro di Firenze: «Sì, perché?...».

«Perché devo farvi i miei complimenti: di signore io me ne intendo.» E qui, con uno scadimento di stile ripugnante, fa il gesto famigerato. «Perché quella cosa lì... ce l'ho sempre qui...» Ridono tutti, ma soprattutto squittiscono, quasi cinguettando, quelle che chiamiamo per praticità "le signore".

Il fichista implacabile: «Disturbo?». Una con le calze a rete: «Per carità! Si sedia qua!». Lui: «Posso? Veramente non interferisco nella vostra partita?» e quella con le calze a rete, con tono da nobildonna fiorentina quasi fosse la contessa Frescobaldi: «Ma che cazzo stai a dì? 'Ste partite so' 'na rottura de cojoni! 'Sto gruppo de morti! Questa invece che 'na crociera è come segui' en funerale!... non te dicono 'na parola manco se qualcuno l'ammazzasse...». I mariti con le mani badilate grugniscono.

Parte in tromba il fichista: «Invece, signore, io vi sono molto grato, perché la presenza di un gruppo così affascinante e, mi devono scusare i signori mariti, così sexy come sono loro...». Un marito grugnisce facendo un gesto con la mano a peretta: «Ma loro chi?...». «Queste belle donne e, ripeto, molto sexy! Io viaggio moltissimo in tutto il mondo, ma raramente ho visto un tale concentrato di sex appeal... I vostri mariti forse dimenticano che tutte voi sprizzate una sensualità alla quale è difficile resistere.» Uno dei mariti, buttando un asso di bastoni con violenza sul tavolo: «Eccoti una bella "napoli"» poi, un po' infastidito, alludendo al fichista: «Che cazzo sta a di' questo?... Me pare scappato dar manicomio!». La nobildonna: «Come sei volgare, basta che uno me fa un complimento, che diventi aggressivo come un rinoceronte!».

«A bella! Io so' volgare, ma tu sei scema! Nun capisci che questo vole solo mettertelo... hai capito dove? Ma come fate a non capì che questo vetero fichista c'ha 'na visione der monno medievale!»

Il fichista: «Signore, mi dispiace, ma lei non mi conosce, io sono molto, ma molto avanzato... Ormai le donne hanno gli stessi diritti e devono avere gli stessi privilegi di noi uomini!». Un marito, ironicamente: «Mi vuole dire che le donne sono uguali agli uomini?».

«No, non ho detto uguali, ho detto solo che ormai devono avere gli stessi diritti... sì... certo, con qualche piccola eccezione...» Un marito: «Faccia un esempio!».

«Be', io quando vedo una donna al volante, scusate la caduta di stile, mi tocco. Non me ne vogliano le signore presenti, ma le donne non possono sostituire gli uomini nelle loro mansioni! Credetemi, lo dico nel vostro interesse care amiche: le donne devono stare a casa, lavorare a maglia, cucinare, allevare i figli e rendere felici i loro compagni!» Una donna: «E la felicità di noi donne? Non la mette in preventivo?». Il fichista: «La donna ha soprattutto la funzione di appagare la libido di noi uomini. E poi la mia esperienza mi obbliga a dire che la sessualità femminile non è confrontabile con quella di noi uomini, lo si vede anche nel mondo animale, dove la femmina subisce passivamente, senza desiderio, perché il godimento è solo di noi maschi... Vedete, io ho una visione molto moderna del rapporto di coppia, ma sono costretto a dire una verità fondamentale e lo dico alla stregua della conoscenza assoluta che ho del mondo femminile: le donne, alla fine, sono dei contenitori di sperma!». Le mogli gli tirano scarpe e portaceneri e prima che il disgraziato venga trucidato, interviene il nostromo, che lo porta via: «Venga signore, non dia fastidio agli altri passeggeri, soprattutto qui in prima classe».

L'altoparlante: «Signori, siamo lieti di annunciarvi che siamo arrivati in rada a Capri; con delle lance i signori passeggeri saranno portati a terra e ci scusiamo se il mare è in condizioni non del tutto favorevoli... La visita all'isola durerà tre ore. Vi preghiamo di rispettare gli orari del ritorno, perché la nave non può attendere. Buon divertimento!». C'è un mare bianco, terrificante. I passeggeri arrivano nel porto di Marina Grande come un gruppo di naufraghi. In tutto hanno due ore di tempo per visitare l'isola. Funicolare, discesa verso l'Hotel Quisisana, la strada sembra una pista di ghiaccio. Di fronte all'Hotel La Palma, cade con una sforbiciata da circo un vecchio tedesco. Si sente prima una rimbombante bestemmia e poi lo schianto agghiacciante di un femore. La guida con bandierina dice alla moglie del vecchio: «Signora, abbiamo tempi strettissimi, siamo obbligati a lasciarla qui con suo marito, coraggio!». Poi, veloce occhiata ai Faraglioni da

Punta Tragara e ritorno a passo di carica verso la funicolare. Di fronte all'hotel La Palma, c'è ancora il vecchio tedesco per terra, che si lamenta penosamente. La moglie si avventa sulla guida: «Qvesto che fate foi 'taliani è criminale! Io fado a ambasciata tetesca de isola!». La guida: «Signora, faccia quello che cazzo vuole... Non vede che stiamo perdendo la nave per colpa sua?».

Ritorno sulla nave con un mare spaventoso, i naufraghi vengono recuperati a fatica. Due cadono in acqua cercando di salire sullo scalandrone reale. Il nostromo: «Lasciamoli perdere, non abbiamo certo il tempo per recuperarli!». Tre suoni di sirena, la nave parte, il nostromo sale al ponte di comando. Il comandante: «Nostromo, quanti ne abbiamo persi?».

«Pochi, comandante, con gli ultimi due, solo dodici...»

Il finto amico

L'altoparlante: «Signori passeggeri, stiamo per passare attraverso i due mitici mostri Scilla e Cariddi...». Una bambina di Aosta scoppia in lacrime, si va a rifugiare fra le ginocchia del padre: «Paparino ti prego, ho paura io! Poi me li sogno di notte!». Il padre, un vero imbecille di Catania ma che fa il postino ad Aosta, ride: «Vieni qui, Laura, stiamo solo per passare in mezzo allo stretto di Messina, non c'è pericolo». Un turista tedesco di Norimberga, che è appoggiato alla balaustra, viene avvinghiato da un tentacolo nero che sale improvvisamente dal mare. Non ha neppure il tempo di lamentarsi, e scompare. La bambina è l'unica che ha visto, ricomincia a piangere: «Il mostro! Il mostro! Ha portato via quel signore!». Il padre ride: «Ma vi rendete conto cos'è l'immaginazione dei bambini? Alle volte ha proprio dell'incredibile! Laura, la mia bambina che ha solo quattro anni, crede di aver visto un signore catturato da un mostro. E dove lo avresti visto, piccina?».

«Lì, vicino alla ringhiera, paparino.»

«Va bene» fa il padre «i bambini vanno tranquillizzati. Era qui quel signore? Allora? Dove sarebbe il mos...» questa volta, rapidissimo, sale un tentacolo viola e gli si avvolge su tutto il corpo. Il postino di Aosta scompare. La bambina ride e corre verso la madre: «Mammina! Il papà è stato mangiato, ma non so se da Scilla o da Cariddi».

La madre, che è a bordo piscina: «Non importa da quale dei due, tesoro; importante è, invece, che mi sono liberata di quell'imbecille».

Al bar, nel pomeriggio, solito gruppetto immerso in una conversazione terrificante: si parla del tempo. L'aiuto barman va giù ipnotizzato dalla noia, batte la fronte sul banco e scompare alla vista. Il barman: «Lettiga immediata e ricovero dal veterina... no, scusate... volevo dire dal dottore. Suggerisco cocktail di alcol etilico in grossa tazza da mezzo litro, mezzo etto di anfetamina, quattro grammi di cocaina, un peperoncino di cajenna tagliato a pezzi grossi, sale, nitro e ananas infilato in gola, non il frutto, ma la bomba a mano. Poi, se la miscela non funziona, direttamente in obitorio, causa della morte: noia devastante». Gista Franconi, per gli amici «Gista l'ottimista», mentre barellano l'aiuto barman: «Peccato, oggi comunque sarà una giornata meravigliosa, me lo sento!». Neanche detto: prima un tuono terrificante, poi una saetta abbagliante si abbatte su due giovani omosessuali che si stavano baciando dietro una scialuppa. Rimane solo un mucchietto di cenere. Il barman: «Spazzate subito il ponte, che può fare una cattiva impressione...» e subito viene giù una valanga di pioggia tropicale. Il barman all'ottimista: «Bella giornata, vero?» e l'ottimista: «A me, quando sono in mare, piace anche la pioggia» e si allontana.

Quando è lontano circa dieci metri parte il finto amico, con una voce dolce da violino cremonese: «Come è carino... Lui è il mio migliore amico... Vi confesso che gli voglio bene come a un fratello». Ancora noia mortale nel gruppo poi, quando l'ottimista è a circa dodici metri, il finto amico parte alla grande: «Però, purtroppo, lo sapete, no?, che ha avuto dei gravi problemi finanziari?». Qui si svegliano tutti. «Pare che adesso non c'abbia più una lira, s'è rovinato alle corse dei cani...» e qui la conversazione diventa entusiasmante. Parte un altro: «Purtroppo so che ha rubato dei soldi...»; un altro: «La moglie poi, quella ve la raccomando... Ha avuto dei rapporti anali con cavalli da tiro ungheresi» e il finto amico: «È vero, e pur volendogli molto bene devo dire che sua mamma, una santa donna, ha una relazione con un somaro arabo sifilitico, ma mi raccomando di dirlo in giro.

Io vi conosco, e so che siete capaci di tutto, anche di tenervelo per voi. Volete che adesso vi dica l'ultima?»; tutti i conversatori hanno gli occhi fiammeggianti: «Sì, sì, avanti, dilla!» e il finto amico: «Lo dico?... Però mi raccomando, eh? Allora: lui prima ha cominciato con dei travestiti brasiliani e ora vive a Roma al Quarticciolo con un negro senegalese. Hanno adottato anche una pecora sarda e voi capite il ruolo che ha l'animale nel loro ménage...». Rientra l'ottimista. Silenzio tombale nel gruppo. L'ottimista: «Di che cosa stavate parlando?». Il barman: «Caro signore, lei ha un vero amico!» e glielo indica. «Se lo tenga ben stretto, perché le vuole molto bene!» I due allora si abbracciano con molto affetto in un silenzio di marmo, poi tutti applaudono.

La femminista

All'inizio non l'aveva notata nessuno, perché è difficile da individuare, in quanto cambia gli abiti a ogni apparizione. Insomma, si traveste. Ma è un'insidia temibilissima. Bruna Torresi, cinquant'anni mal portati, non mette mai i pantaloni, però scarpe e giacche sono assolutamente maschili, quasi sempre porta la cravatta, mai orecchini, anelli, o qualsivoglia elemento che dia un po' di femminilità. Fuma violentemente la pipa e porta un borsone da postino in cuoio dal quale estrae agende monumentali e libri terrorizzanti del tipo: *Il passaggio dal socialismo al comunismo*, *La fine del maschilismo* e *Il tramonto del maschio* del tedesco Elis Volker Pilgrim, già linciato durante una conferenza che aveva accettato di tenere a Gedda, in Arabia Saudita.

La Torresi, oltre a essere una terrificante rompicoglioni, è una tragica zitella e una femminista da battaglia. Come detto, è difficile da individuare, soprattutto perché usa come maschera vari tipi di occhiali alla Wertmüller.

Quando individua un gruppo di uomini, che abitualmente parlano di calcio, o di sesso, si avvicina subdolamente. Dolcissima, saluta: «Buongiorno giovanotti, che si dice oggi?...». Un disgraziato: «Buongiorno cara signora. Al solito: se è più forte Totti, o Del Piero... O se ti faresti la Bellucci, o la Seredova? Insomma, le solite stupidaggini...». La belva, allora, getta la maschera, via gli occhiali, estrae dal taschino della giacca la pipa forse già accesa e parte con una violenza inaudita: «Le solite stronzate che dite voi uomini! Voi avete una visione del mondo da Inquisizione spagnola! E io sono qui per lanciare un segnale forte! Sapete perché questo paese non cresce? Perché siete voi che non riuscite a crescere! Ancora bambini con il mito de "le tagliatelle come le fa mia mamma non le fa nessuno!"». A quel punto la riconoscono: «Porca puttana, eccola!... Signora, ci scusi, avremmo un appuntamento...».

«Sì, un appuntamento... Quando uno vi grida la vostra pochezza, infilate le vostre teste di cazzo nella sabbia... Mammoni di merda! Per voi ci sono solo le leggi degli uomini ai quali tutto è concesso, le amichette e i travestiti brasiliani. E la legge delle donne? Siete gelosi come pastori sardi allevati in Sicilia. Le corna vi autorizzano a massacrare le vostre compagne a pugni e calci... Vi ricordate quella legge? Puniva solo le donne adultere, anche col carcere!»

Mentre il gruppo si allontana, ne afferra uno per un braccio: «Sono sicura che tu saresti felice di tenere tua moglie murata viva in casa e saresti felice se anche in Italia qualche imbecille come te proponesse una legge che obbliga le mogli a uscire con il burka!». Mentre gli altri si stanno allontanando sghignazzando il disgraziato implora: «Signora, la prego mi lasci il braccio, devo andare, veramente!». Con uno strattone si libera e la belva: «Imbecille, non devi andare da nessuna parte! Vuoi solo scappare da una realtà ingombrante!». Quello raggiunge il gruppo: «Scusatemi, me la sono vista brutta...» e gli altri: «Mamma mia! Un'insidia mortale! È che ogni volta si traveste!».

Cinque ore dopo siamo al bar all'aperto, sul Ponte Sole. Due ragazzi giovani in costume da bagno appoggiati al banco stanno prendendo un aperitivo. Uno: «Ti confesso che sono rimasto direi quasi colpito»; l'altro: «Cioè?».

«Il fatto è che non è solo bella, la cosa più incredibile è che è anche intelligente!»

Da dietro il banco balza fuori la belva femminista: via gli occhiali-maschera, giacca enorme di stoffa azzurra tipica degli scaricatori di porto, si accende la pipa, fa una lunga pausa e un sospiro, butta in faccia ai due con violenza il fumo della pipa e: «Ma vi rendete conto, pezzi di merda?» e qui fa la vocetta, quasi a fargli il verso «La cosa incredibile è che una donna sia intelligente?». Interviene il barman: «Signora Torresi, la prego, non mi faccia scappare ogni volta i clienti! Sì, d'accordo, alle volte noi uomini abbiamo delle idee...». La belva, con sarcasmo: «Alle volte?... Ma vi rendete conto? Questi due imbecilli si stupiscono che una ragazza non è solo un oggetto di piacere, ma è anche pensante! Per voi le donne devono solo placare le vostre voglie, in silenzio. Non vi preoccupate nemmeno dei loro orgasmi e, soprattutto, non vi preoccupate mai, dico mai, se ne hanno voglia, o no! Per il resto devono solo, eventualmente, abbaiare come cagnolini pechinesi ed esibirsi seminude mentre voi le tenete al guinzaglio per appagare la vostra vanità!». I due ragazzi si allontanano un po' impressionati. Il barman Rapetti: «Contenta? La prossima volta non mi faccio più fregare, anche se è travestita da donna normale».

Il pessimista

Ma se la femminista da battaglia in crociera è pericolosissima, il pessimista è un'autentica sciagura.

Sui quarant'anni, capelli lunghi, spesso legati in nuca, barba di cinque giorni, e infilata di orecchini sul lobo sinistro. Solitamente indossa jeans rattoppati, è incapace di sorridere e ha una faccia funeralesca. Sulla nave si aggira solo come un segugio braccando possibili prede. Una mattina questo pessimista, certo Guglielmo Bava, incrocia un gruppetto di sessantenni, classe media, romagnoli, allegrissimi, pieni di risate, che scherzano sugli acciacchi della loro età. Uno di questi: «... e poi, la cosa più noiosa è che non riesci più a dormire come una volta. Vi ricordate che dormite anche di dieci ore filate? Adesso anche se vado a dormire alle tre di notte, alle cinque di mattina sono con gli occhi sbarrati come quelle bambole di plastica sedute...», «Ma sì, ma chissenefrega» fa un altro. «Ma veramente chi se ne frega! Anzi vi confesso che io al mattino trovo il tempo di fare un sacco di cose: leggo, scrivo...» A questo punto li sorprende di spalle il pessimista: «Scusatemi signori se mi intrometto nella vostra conversazione, mi sono permesso di ascoltare quello che state dicendo a proposito della vostra età, e sono arrivato a una conclusione estremamente pericolosa». Un simpaticone di Ravenna: «Mi scusi signore, e quale sarebbe il pericolo che lei sta ventilando?». Il pessimista si siede: «Vedo che lei sta prendendo la cosa sottogamba, caro amico. Attenzione: sono qui, e la cosa mi dispiace, per dirvi che la mancanza di sonno provoca un invecchiamento precoce del cervello: vedi morbo di Alzheimer, Parkinson, perdita precoce della memoria, scomparsa assoluta di ogni interesse sessuale, depressione profonda e, quasi sempre, suicidio».

Il gruppo degli allegroni di Ravenna è ammutolito. Poi, il più autorevole: «Sta scherzando, vero?».

«Scherzare? Qui non c'è da scherzare, signori. Guardando la vostra stazza avete tutti il diaframma spostato verso l'alto e quindi ecco in agguato la sindrome di Pickwick, che voi sottovalutate per ignoranza. Questo è un disturbo che provoca penose apnee notturne e conseguente mancanza di ossigenazione del cervello; in poco tempo, non più di sei mesi, ci si riduce come voi, a dei vegetali.» Poi si allontana. Dopo una decina di metri si volta: «Scommetto che siete tutti dei forti russatori, eh? Signori, coraggio!».

Il gruppo ravennate è di sasso. Uno: «Ma quello è un pazzo! Un sadico! C'ha visti ridere e c'ha voluto punire. Avanti! Facciamoci ancora due belle risate!», ma il gruppo rimane immerso in un silenzio di marmo.

Il frate Cappuccino e il cartesiano puro

Come in tutte le navi, c'è anche il cappellano di bordo. Questa volta, incaricato delle funzioni religiose è un frate cappuccino. Lo abbiamo già incontrato, è di una superstizione clamorosa e si tocca continuamente i testicoli per scaramanzia. Ha una paura totale di sedersi a tavola con tredici persone, di avere la cabina numero 17 e si dice che abbia fatto strage di gatti neri in gioventù. È esperto di "Abracadabra", magia nera, occultismo, appartiene alla setta dei rosacroce, a una loggia massonica, non passa mai sotto le scale (e la nave ne è piena) e passeggiare con lui è una specie di percorso di guerra. Quasi esasperante la ritualità del sale: lo appoggia senza mai consegnarlo direttamente, se qualcuno ne versa un po' distrattamente lui lo butta a destra e a manca e poi alle spalle mormorando: «Ficci ficci non facciamo dei pasticci» e s'infila la mano sotto la tonaca.

Quando passeggia per la nave blocca ogni volta qualche passeggero: «Fermo lei! Fermo così! Come se fosse una statua di sale! L'ho vista passare sotto a una scala, si attacchi a quella sbarra e sollevi i piedi da terra. Stia in quella posizione anche nove minuti mormorando sommessamente: "Sto lontano dalle scale e non posso farmi male!". E mi raccomando, al mattino quando scende dal letto mai con il piede sinistro, ma sempre con il destro!». Per ascoltarlo un passeggero anziano di Mondovì è scivolato sul pavimento procurandosi una frattura cranica.

Quando predica durante le sue funzioni dice: «Di venerdì, per carità, non prendete iniziative! Nulla! Possibilmente rimanete immobili, o a letto, o meglio ancora, chiusi dentro un armadio. Contro la jella» e qui si rivolge alle mogli «ascoltate bene, usate un'alimentazione speciale: chiudete i vostri mariti in cabina, denudateli completamente, fategli trangugiare veloci, assieme a una mistura di olio di semi di girasole, un calabrone vivo, e buttateli per terra a pecorone. Non chiudete mai la porta, perché sarebbe una difesa contro un evento magico e quando entra un cameriere per rifare la cabina, fateli restare immobili, spiegherete tutto in seguito, semmai. Cercate di sviluppare, e io vi darò una mano, la percezione e la possibilità di intuire quando uno è un portatore di jella e attenzione, perché ce ne sono moltissimi. Ma ecco il rituale magico: quando sentite la presenza di uno di questi animali, senza vergogna mettetevi con le mani giù e i piedi in alto, possibilmente attaccati a un lampadario. In questa manovra fatevi pure aiutare da un marinaio di ponte. A questo punto pronunciate la formula: "Au ui uà che la jella vada là, au ui uè che la jella tocchi a te!"».

Alla fine di una confessione a un ingegnere che praticava masturbazione a due mani ha detto: «Lasci perdere l'assoluzione, che è una baggianata. Se vuole liberarsi da ogni colpa, il giorno 13 di questo mese vada giù nelle cucine a caccia di topi, lì è pieno e, all'insaputa degli altri passeggeri, se li facci impanare e friggere. Poi se li mangi, anche grossi, in un sol boccone. Se poi il 13 è anche un venerdì, attenzione: si facci crocifiggere su una croce rudimentale di frassino, ma legato, non inchiodato. Poi, in una zona buia della nave, possibilmente non frequentata, resti appeso per nove ore durante le quali deve bere solo aceto. Infine ripeta sommessamente: "Boruna boruna, voglio solo fortuna!" come un rosario, ha capito? E a ogni dieci "fortuna", scusi sa, questa è una cosa un po' imbarazzante, si facci infilare nell'ano un cornetto napoletano lubrificato con burro Prealpi. Poi continui: "Calatzia, calatzia, non voglio disgrazia!"».

Il Cappuccino porta nascosta sotto la tonaca, al posto del cilicio, una specie di cintura: è una collezione impressionante di corni e cornetti.

Quando incrocia dei passeggeri sommessamente mormora: «Mi raccomando, creda solo nella magia nera, lasci perdere quella bianca, che non è affidabile!». Da un po' di tempo, però, mentre girovaga per la nave predicando questa sua faticosa visione del mondo, viene seguito da uno strano tipo, che compare abitualmente solo a metà viaggio.

È vestito in modo spartano, sembra un messo comunale.

Mentre il prete combatte contro la jella, il messo lo segue a sei metri di distanza borbottando in maniera impercettibile. Ogni tanto il frate si volta: «Sento delle voci!» dice. «Non vorrei entrare nei disturbi mentali di Giovanna d'Arco, che per me era completamente pazza...» Lui predica e l'altro dietro, implacabile, borbotta. Vicino al bar di prima classe, pieno di gente, il prete si ferma, si volta di scatto e affronta il guerrigliero a muso duro: «È lei che borbotta?» e quello, sarcastico: «Sì, sono io che borbotto! E allora?».

«E cosa borbotta?»

«Guardi, da questo momento non borbotto più ma qui, coram populo, scusi il latino, e cioè di fronte a tutti, le voglio dire che lei dice delle poderose stronzate!» e monta su una sedia: «Signori, io sono un cartesiano puro, un intellettuale di sinistra illuminato e considero magia, astrologia, spiritismo, occultismo, chiromanzia e tutte queste baggianate delle autentiche truffe usate da molti cialtroni per estorcervi del denaro!».

Scende dalla sedia. «Signori, una volta per tutte: io credo solo nella realtà, in quel che vedo e sento. La cosiddetta jella non esiste!» fa una risata da civetta ungherese e si allontana decisamente verso la ringhiera della nave. Un bambino di tre anni tira un'automobilina di plastica a un vecchio nonno rincoglionito di novantadue anni. Il Cappuccino prontissimo: «Au ui uè che la jella venga a te!». Il cartesiano puro ci mette un piede sopra. Una sforbiciata straordinaria e in un silenzio spettrale cade con una nucata rimbombante sul pavimento di tek.

L'astrologa dilettante

Quando la nave entra nel canale di Corinto, tutti i passeggeri sono fuori sui ponti con le macchine fotografiche in mano. Le passeggere cinguettano. Il venditore di pentole in terracotta e poeta di Rimini sta corteggiando una povera vecchia di Lione di 74 anni. Le porge il binocolo: «Guardi queste alte pareti di roccia... c'è da innamorarsi». Alla vecchia, che è quasi cieca, cade il binocolo per terra. Il poeta si china di colpo e, purtroppo, questa volta gli parte una scoreggia da competizione. E la vecchia di Lione: «Qui minascia un temporàl, ha sentit il tuono?».

Solo adesso, durante l'attraversamento del canale di Corinto, esce allo scoperto l'astrologa dilettante. Questo strano animale si occulta astutamente dietro cespugli, angoli di casolari o nei bar, dove abilmente è capace di stare appostata dietro una tenda anche per ore. Sulla nave, in mancanza di tende, sa mimetizzarsi facendo la statua d'ebano del Brustolòn, la sedia di legno, o la poltrona di cuoio. Quando una vittima si siede, attacca di spalle: «Di che segno sei?». Questi disgraziati sono decisamente di un'ignoranza clamorosa, ma non rinunciano alla conversazione e quella dei segni zodiacali è l'unica che sanno praticare. A bordo della nave c'è lei, una maestrina elementare, cinquantotto anni, pochi capelli, zitella. Appena vede un disgraziato che legge un libro, o sonnecchia su una sdraio al sole, gli si avvicina in silenzio. Fa una lunga pausa, perché è timidissima, e poi attacca: «Di che segno è?». Il dormiente si sveglia con un rantolo orrendo: «Chi èèè?... È arrivato il giorno dell'esecuzione ed è stata respinta la mia domanda di grazia?». La maestrina, implacabile: «Non lo so, ma mi dichi: di che segno è lei?». Il disgraziato, che respira ancora a fatica: «Non lo so signora e non l'ho mai saputo!». A dieci metri c'è sempre il cartesiano puro che segue sadicamente la povera donna: «E il signore fa bene. Attenzione tutti...» e a questo punto si alza in piedi su una sedia «approfitto per improvvisare qui una conferenza violentissima contro questa insulsa e stupida mania di praticare l'astrologia come unico argomento di conversazione. Signori, attenzione! Cerchiamo tutti insieme di distruggere queste ridicole forme di superstizione!».

La maestrina a questo punto si allontana in silenzio con la testa bassa, molti passeggeri vedono che due grosse lacrime le scendono sulle guance, allora l'implacabile cartesiano puro scende dalla sedia: «Scusate, signori, la nostra conferenza per oggi finisce qui, gravi impegni mi chiamano altrove...» e si mette a seguire furtivamente la povera donna che avanza con molta prudenza. Ogni tanto si ferma, si guarda in giro per vedere se il suo nemico naturale si annida da qualche parte. Ma quello è abilissimo, perché ha praticato fino a trentacinque anni corsi di sopravvivenza pura in Maremma, assieme ai paracadutisti della Folgore. La maestrina si volta e lui scompare. La poveretta entra finalmente nel salone di prima classe: è pieno di gente che conversa. Attacca di spalle un gruppetto di giovani donne che sono le sue prede preferite: «Di che segno siete?». Quelle che si stavano quasi addormentando dalla noia cominciano a squittire indiavolate, partono tutte insieme: «Io sono leone! Io vergine! Io pesci!».

«Calme! State calme!» dice la maestrina in uno stato d'estasi «cominciamo con ordine! Lei, signorina è...?»

«Sono...»

«Non me lo dica! Voglio provare a indovinare! Lei è... bilancia... bilancia ascendente sagittario!» La ragazza è perplessa: «No, veramente io sono capricorno, ascendente vergine...».

«Perfetto, stavo per dirlo, infatti! Lei è capricorno, ascendente vergine, quindi... Mi perdoni, scommetto che lei fa l'attrice di teatro.»

«No, sono dattilografa in uno studio d'avvocato a Pinerolo.»

«Ma certo stavo per dirlo! Allora, lunedì 25, mattina, si sveglierà a fatica e sarà di malumore... Non avrà voglia di fare lo shampo e deciderà di ungersi i capelli e di mettersi un basco in testa. In autobus ci sarà un odore di malga alpina e come sempre ci sarà qualcuno con alito fognato che le appoggerà la mano sul sedere. Appena arriverà in ufficio l'avvocato cinquantacinquenne che al posto del caffè sembra aver tracannato una tazza di merda la chiamerà: "Signorina! Mi hanno regalato due biglietti per il cinema Alfieri, danno *Amici per le pinne*, è un cartone animato. Le andrebbe di venirci? Lascio mia moglie a casa. Vedrà, ci facciamo un sacco di risate e poi andiamo a farci una bella pizza!". Lei sorriderà come se non avesse capito e quello insisterà: "Allora, mi accompagna, o no?". E lei, che da cinque metri sente l'alito micidiale del principale, con gli occhi bassi dirà: "La ringrazio, ma non posso, ho promesso al mio fidanzato di cenare a casa mia".»

A questo punto la povera maestrina ha conquistato un auditorio attentissimo, sembra finalmente felice e continua: «Vede, signorina, le sue settimane purtroppo sono tutte eguali. Il suo fidanzato è un assatanato tifoso della Juventus. Quando non ci sono da vedere partite, non vi resta che la tv e lui si addormenta quasi subito, ma più che dormire, è come se fosse stato punto dalla famigerata mosca tse-tse: lentamente cade in una specie di letargo. Poi comincia a russare come un cinghiale maremmano. Ogni tanto si sveglia in un bagno di sudore: "È andato sotto un tram Del Piero?". Così andrà avanti...».

La interrompe come una scudisciata in piena faccia un urlo feroce: è il cartesiano puro che balza su un tavolo: «Basta così! Signorina "dichesegnosei?", mi dispiace privarla di questo momento gratificante, ma io non posso accettare che si dicano ancora delle stronzate così inaudite. Signori, vi rendete conto che questa maestrina racconta a una povera dattilografa la sua oltremodo prevedibile settimana? Sapete come finiranno le sue previsioni astrologiche? Ve lo dico io! Il sabato mattina la signorina dattilografa qui presente potrà dormire finalmente fino alle dieci e mezzo, farà uno shampo e alla sera andrà in discoteca col tifoso juventino, sperando di trovare un nuovo corteggiatore. Io a tutte queste baggianate urlo *bastaaa*! Basta a questa atroce presa per il culo! Voi non lo sapete, ma io sono quasi laureato in arte e, soprattutto, in astronomia. Come faccio a credere a stronzate come "Venere in Saturno", o "Giove in Marte"?». A questo punto vede che la maestrina ha la testa bassa e delle grosse lacrime cadono sulla moquette.

«Mi dispiace signorina "dichesegnosei?", ma non posso sottrarmi alla mia responsabilità di quasi scienziato. Lo sapete almeno qual è l'attuale conoscenza dell'Universo?» e qui comincia a urlare con la vena del collo gonfia per lo sforzo. «L'universo è formato da miliardi, miliardi e miliardi di galassie che si allontanano l'una dall'altra alla velocità della luce, le stelle nove esplodono, altre implodono in mostruosi buchi neri che non emettono la luce, che è imprigionata da una forza di gravità mostruosa. Noi viviamo in un piccolo pianeta azzurro, terzo dal Sole, che è una stella di seconda categoria, di una galassia minore come la Via Lattea. Il tutto in un caos inimmaginabile. Qual è la causa di questo Universo che cambia alla velocità della luce da miliardi di anni? Nessuno può immaginarlo. Alcuni lo dicono infinito, altri ripetitivo e periodico. E secondo voi dovrei credere a questi miserabili oroscopini che prevedono la settimana di una povera dattilografa?» A questo punto guarda con disprezzo per controllare se c'è ancora la maestrina: è andata via incenerita, è rimasta solo la dattilografa, che piange anche lei. Il cartesiano puro è ormai indemoniato: «E secondo voi, io dovrei accettare anche la vostra striminzita, banale idea di uno squilibrato di trentatré anni che ha detto prima di essere il Messia, cioè il messo di Dio e poi di essere suo figlio?». Dal fondo il Cappuccino ha urlato: «Parole sante!». È vestito da ballerina turca della danza del ventre, è molto peloso e un pochino troppo profumato. Da dietro il bancone del bar emerge il vescovo di Locri, è vestito da madre Teresa di Calcutta: «Sono qui in incognito, ma ho sentito una bestemmia di fronte alla quale esco allo scoperto. Chi ha detto "parole sante"?». Il cartesiano scende dal tavolo: «Madre Teresa, voglio che lei sappia che non ero io a parlare. Quella frase l'ha detta la ballerina turca in fondo alla sala» e si allontana prudentemente. A questo punto, in un silenzio irreale, vanno via quasi tutti. Rimangono solo la ballerina e la finta madre Teresa di Calcutta, che con voce da cobra sibila: «Allora signorina ballerina, che mi dice?» Il Cappuccino risponde da suora svizzera spaventata: «Guardi, dott. ing. signor vescovo, non sono stato io a parlare, ma un maledetto passeggero con la coda, che si è dissolto in una nube di zolfo...».

«Stia a sentire, vecchia bagascia, chi crede di prendere per il culo?... E poi, mi perdoni la domanda, perché è vestito in maniera così scollacciata?»

«Lo faccio poche volte, per vincere la monotonia

di questi viaggi. Mi deve scusare la mancanza di fantasia, però la prossima volta mi vesto... mi vesto... ecco ho trovato: lo so che le parrà un'idea demenziale, che solo un cretino può partorire: mi vestirò da madre Teresa di Calcutta...» e si lancia per i corridoi della nave reggendosi i veli con i sonagli. Lo insegue con gli occhi pallati madre Teresa, con una bottiglia rotta di liquore Strega in mano.

La nave, intanto, esce in pieno sole dal canale di Corinto. Atene è vicina, e tutti i passeggeri tornano in cabina per addobbarsi per la gita a terra. Il quasi cieco Fulvio Carosi passeggia sul Ponte Sole con la ragazza scialbetta che sta corteggiando. Lei: «Ha visto che spettacolo il canale?».

«Sinceramente» risponde lui «ero distratto, ma le posso dire una cosa? Lei è veramente molto attraente...»

La scialbetta: «Come è carino lei, mi descriva!...».

«Innanzitutto credo che lei abbia un naso... centrale...» La scialbetta incalza: «Di che colore sono i miei occhi?» e Carosi: «Intanto gli occhi sono due... poi il colore è indescrivibile! E certamente credo che abbia due orecchie...». La nave passa vicino all'isola di Eubea, e lei estasiata: «Senta che profumo di mare!», e lui: «E poi da terra ci arriva, portato da una brezza leggera, un inirbriante... no, inerv... inert... in...», dalla plancia compare il comandante: «Scusi se le vengo in aiuto, sono il comandante. Lei vuol dire "inebriante odore di rosmarino, che mescolato all'odore della salsedine stimola in noi giovani una forte sessualità"» e scompare. Dal banco del bar, il barman Rapetti mormora sommessamente:

«È completamente impotente da dodici anni... e la moglie, una vecchia alcolista ninfomane, ha avuto un lungo rapporto con un rinoceronte rumeno sifilitico. Lo dico perché gli voglio molto bene».

In fondo si vede il profilo dell'isola. La scialbetta squittisce: «Lei che sa tutto, che isola è quella?».

Lui: «Aspetti, che domando!». Passa il nostromo: «Signorina per cortesia, che isola potrebbe essere quella?», il nostromo si avvicina: «Quella dice? L'Eubea! Ma purtroppo è stata inquinata dal turismo di massa». Carosi al nostromo: «Signorina, o magari signora mi scusi, lei dice inquinata, ma non sente che improvvisamente c'è piombato addosso dalla costa un odore osceno? Non so come definirlo, non è più l'odore magico di mare, ma un fetore terribile, quasi che fossimo stati circondati improvvisamente da un branco di capre marce dopo una giornata di pioggia». Il nostromo si allontana allibito.

E Carosi: «È passato quell'odore di fogna! Scomparso magicamente!».

Ora passeggia con la scialbetta sul Ponte Sole. Sembrano felici. Va loro incontro con la sua divisa bianca il comandante Schiaffino, come sempre profumatissimo. La scialbetta: «Guarda chi ci viene incontro!». Quando è a un metro, Carosi prende la mano del comandante e fa un baciamano molto rumoroso: «Molto lieto di conoscerla, lei è la famosa dama bianca?». La scialbetta: «Ma non lo riconosci, è il comandante in persona! Comandante, lo deve scusare, è un burlone!». «Amo i burloni!» dice il comandante e si allontana, lasciando una scia di lavanda da tabaccheria sotto casa.

Gita ad Atene

All'uscita del canale di Corinto una spiacevole sorpresa. Un forte vento, il Meltemi, ha imbiancato il mare. Piove. I croceristi sono tutti in coperta, vibrano per l'emozione, pronti a scattare come animali da preda, perché finalmente è arrivato il momento più importante della crociera: la visita alla culla della civiltà occidentale: Atene. Ed eccola, là in fondo, la s'intravede a stento. La nave non getta neppure l'ancora fuori dal porto. L'altoparlante: «Signore e signori, è il comandante che vi parla, sono spiacentissimo nel dirvi che date le condizioni del mare, dovute al temibile vento del nord Meltemi, dobbiamo accorciare la nostra visita ad Atene. Ci scusiamo per il leggero contrattempo, ma non possiamo nel vostro esclusivo interesse esporvi ai gravi rischi del trasbordo. La visita quindi sarà ridotta a due sole ore».

Il mare è veramente ripugnante. I croceristi arrivano al molo in tali condizioni che vengono scambiati per clandestini nordafricani e le prime due barche vengono prese a fucilate. Poi con una certa fatica le cose sono chiarite, ma nel panico generale nessuno si è accorto che due passeggeri spagnoli sono stati colpiti entrambi in piena fronte. Il nostromo, che ha la responsabilità del trasporto a terra, biecamente sussurra al marinaio più anziano della prima barca: «Non farti scoprire, i passeggeri non hanno visto nulla, ma appena son scesi tutti mettigli dei pesi di piombo nelle tasche e falli precipitare lentamente sul fondo del porto».

Ad accogliere il gruppo, sul molo, c'è una signora anziana che sventola una bandierina bianca e gialla con lo stemma della compagnia: «Sono la vostra guida della gita a terra, che purtroppo sarà molto breve: visiteremo ovviamente l'Acropoli, con il Partenone e l'Eretteo, e poi veloci scenderemo alla Plaka, dove ci fermeremo in una tabepna, che voi italiani chiamate "taverna", per gustare il Rezina, il nostro famoso vino resinato, o un bicchierino di Uzo, che è a base di anice, attenzione che è molto forte e può fare brutti scherzi. L'usanza più divertente qui da noi è che se uno mangia qualcosa, come i dolmados, che sono foglie di vite con dentro del riso bollito, o beve, può buttare i piatti per terra e i bicchieri contro le pareti. Signori veloci, che il tempo a disposizione è pochissimo... Venti minuti per salire sulla collina dell'Acropoli e la visita all'Eretteo e poi via! Tutti giù a bere un goccio prima del ritorno alla nave...».

Due anziani amici di Faenza, Carlo Dini e Carlo Doni, arrivano giù alla Plaka con la vista annebbiata per la corsa. Entrano in una tabepna, tracannano a collo una bottiglia di Uzo, poi domandano: «Dove piatti?» e il gestore: «Negozio qui fianco! È il più famoso negozio di "porcellane di Sèvres" di tutta Atene».

I due entrano: «Dove piatti?...» e il direttore, voglioso: «Tutti piatti se chiedi sono tui! Plego!». I due disgraziati sono ubriachi come bestie e cominciano il rituale consigliato dalla guida, urlacchiano e ridono sguaiatamente. Sfracellano contro le pareti 1215 piatti di Sèvres. Vengono fermati dalla polizia municipale e il padrone dell'emporio, certo Manuele Kotis, viene interrogato. Racconta per filo e per segno in greco il comportamento di quei due energumeni. I due continuano a ridere divertiti, anche quando li infilano in camicie di forza bianche. Prima di uscire, Carlo Doni con un calcio fa cadere una pila di bicchieri di cristallo di Boemia. Sta sghignazzando, entrambi sembrano molto felici. Li portano a velocità sostenuta al manicomio navale di Praxos.

Appena arrivano nella piazza interna dell'ospedale, vengono denudati e subito sottoposti all'umiliante ispezione anale. Un infermiere di origine turca approfitta della circostanza e li sodomizza entrambi. Carlo Doni urla come un maiale prima di essere sgozzato, Carlo Dini scopre, finalmente, una sessualità completamente nuova, che era la causa dei suoi dissapori con la moglie.

Dopo due ore e dieci minuti il nostromo è nuovamente in plancia a riferire. Il comandante: «Quanti ne mancano questa volta?».

«Non ricordo esattamente se sono dodici o quindici.»
«C'hanno sparato anche al ritorno?»
«No comandante, tutto calmissimo.»
«Caro nostromo, non sempre la fortuna ci assiste.»

Il medico di bordo

Lasciata Atene la nave avanza lentamente in un mare quasi piatto. Il Meltemi è scomparso.

E qui facciamo la conoscenza con uno dei personaggi più inquietanti di questa crociera: il medico di bordo.

Alla domanda: «Come mai ha scelto di navigare? Scommetto che lei ama il mare?», il dottor Gino Colli, già incontrato sullo scalandrone reale, risponde: «Magari! Soffro il mare come una bestia! Io in realtà sono un veterinario e la compagnia ha creduto bene di risparmiare. Ma non si preoccupi, sono diventato un esperto di ogni tipo di malessere che possa colpire un crocerista... Comincio col dirle che la cosa che più la dovrebbe preoccupare è cercare di non prendere le zecche, dunque non si metta a baruffare con dei gatti! Ma qui a bordo della nave è fortunato, perché ce n'è uno solo, ed è quello del comandante. Però stia attento, perché è una specie di leone. Insomma, è un gatto che può concedersi ogni efferatezza, perché è raccomandato... Comunque, lei tenga sempre in tasca il suo pedigree con le scadenze di tutte le vaccinazioni e in ogni caso» e qui abbassa la voce «se le viene di notte da abbaiare, cerchi di trattenersi».

La mattina seguente si sente la voce dell'animatore al microfono: «Signore e signori attenzione! questo è un gioco che riguarda le signore mamme, perché è la famosa corsa nei sacchi alla quale possono partecipare solo i piccini che hanno meno di dieci anni. Mi raccomando, alle ore 10 tutte le mamme con i loro gioielli al Ponte A di prima classe».

Ore 10. Il nostromo e quattro marinai aiutano i piccini a entrare nei sacchi di juta. Uno di loro è così piccolo che, inavvertitamente, lo chiudono dentro il sacco... Il nostromo alza le braccia: «Operazione conclusa! Possiamo cominciare!». Una madre si affloscia sul ponte di legno di tek, svenuta. Accorre il medico di bordo, è in mutande: «Scusate, stavo schiacciando un pisolino. Signora, mi dia la zampa... mi scusi, il polso... Non è nulla... è un semplice malessere». Poi, con tono professionale domanda: «Lei signora ha mai avuto il cimurro?». Il nostromo: «Lasci perdere, dottore, siamo pronti?... Tutti i bambini sono nei loro sacchi?», un marinaio: «Nostromo, c'è un sacco vuoto lì...», il nostromo: «Via, veloce, lo butti in mare, altrimenti si crea confusione!», un urlo atroce di una giovane donna: «Ha buttato in mare Fiorenzo, il mio bambino! Ma siete diventati pazzi? Fermate immediatamente la nave!», il nostromo si avvicina: «Signora, mi dispiace veramente per quest'inconveniente, ma lei capisce che mica si può fermare una nave per recuperare un bambino! Mi deve scusare, ma lo sa quanto può venire a costare alla compagnia tutto questo casino? Lo chieda alla mamma di Niccolò». Interviene il proverbiere. «Quanti figli ha signora lei? Mi scusi, quanti figli aveva?». La donna non può parlare per il dolore e fa un gesto a indicare due. Il proverbiere, a titolo consolatorio: «Non c'è due senza tre!».

Il dietologo dilettante

Da un po' di giorni, passeggia sui ponti un uomo obeso in maniera irreversibile. È il dietologo dilettante. Due ascoltatori camminano con lui, sono due scheletri e sembrano appena usciti da Dachau; uno indossa ancora il pigiama a righe marrone e nero degli ebrei, con la stella di Davide e il numero 2015. Durante la passeggiata l'obeso arraffa tutto quello che vede: noccioline, patatine, mezza mela dalla bocca di un piccino lontano dai genitori e poi, passando vicino a un cameriere con vassoio, gli porta via un tramezzino e lo inghiotte mugolando in modo rivoltante.

Il dietologo dilettante: «Signori, è inutile buttar via tempo e soldi con quei cialtroni che si fanno chiamare pomposamente "dietisti" o, peggio, "professori di scienza dell'alimentazione", roba da sbatterli subito in un carcere di massima sicurezza!». Durante la lezione il maiale dietologo continua a ingoiare tutto quello che vede e a rubacchiare a destra e a manca. «Come ben vedete io ce l'ho fatta. Forza di volontà?... Per carità, non ne parliamo neppure:

senza sforzi! Seguendo la mia dieta che oso definire straordinaria...» si ferma «volete prendere appunti?». Gli scheletri si appoggiano a scrivere sul banco del bar dove lui "beve" un vassoio di patate fritte, una tazza di noccioline e, a tromba, tracanna una bottiglia intera di acqua minerale esplosiva. Si ferma, perché si vede che è in difficoltà grave, fa un gesto ai due discepoli come a dire: "un attimo, scusate" e poi esplode con un rutto titanico che fa volare dalla testa di un passeggero vestito da crocerista un cappello di panama bianco, che finisce in mare. Il grassone dice: «Pardon!» e il crocerista: «Ma che pardon! Dalla partenza è il secondo che mi fate fuori! Io fermo la crociera e vi faccio arrestare tutti! Compreso il comandante!». Ne nasce una rissa laocoontica, sono tutti avvinghiati in un enorme gomitolo umano urlante: barman, maiale dietologo, i due scheletri, due passeggeri sardi di Nuoro e il Cappuccino, che passava per caso. Arriva trafelato col suo tragico odore di capra marcia il nostromo: «Che cazzo succede qui? Vergognatevi! Magari tutto questo casino è per una stronzata!». Dalla matassa umana spunta la testa del turista vestito da crocerista: «Senti, non osare chiamare "stronzata" questo grave incidente! È il secondo cappello di panama che mi buttate in mare! Vecchia capra! Deodorati ogni tanto!», il nostromo perde il controllo, parte con una rincorsa da rinoceronte da battaglia e spara alla cieca un calcio clamoroso al gomitolo umano, centrando in pieno i testicoli enormi e violacei del Cappuccino. Si sente un ululato, che pare una sirena di nave nella nebbia. In plancia il comandante Schiaffino, che stava dormicchiando, balza in piedi: «Fermate le macchine! Ci siamo! Stiamo per andare a sbattere contro quell'iceberg maledetto! È certamente lo stesso del *Titanic* che ci sta aspettando al varco da un sacco di tempo, anzi indietro tutta!». Il secondo ufficiale lo guarda preoccupato: «Comandante, che succede, un incubo? Guardi che questo iceberg lei se lo sogna tutte le volte che mangia le trippe accomodate alla camoglina» e il comandante: «Scusatemi, non lo faccio più!». Intanto dal bar arriva in plancia una bestemmia terrificante. Schiaffino sbianca: «Ma chi è quello stronzo che osa offendere in pubblico nostro Signore? Mettetelo in un sacco di juta piombato e buttatelo a mare!» e il secondo ufficiale: «Signor comandante, facciamo finta di niente, è la voce del Cappuccino...».

Il giorno dopo la nave è di fronte a Gallipoli. Il dietologo, dopo aver tracannato una conca di spaghetti alla carbonara, respira profondamente per riprendere fiato. E poi ai due discepoli: «Avete da scrivere? Al mattino un pinolo fresco è importante, non di quelli secchi giapponesi. Masticatelo trecento volte. Questo rito vi darà la sensazione di assumere molto cibo. Alle undici due pinoli, questa volta anche giapponesi; masticate come già detto. A mezzogiorno si salta il pasto...».

«Neppure un pinolo?» domanda flebilmente quello con il numero 2015 prima di scivolare lentamente sul pavimento di tek. Il nostromo, prontissimo: «Lettiga immediata! Forno elettrico e poi, se c'è posto, obitorio, tanto era destinato».

Sono le cinque del pomeriggio. Il dietologo dilettante è seduto al bar, da solo. Mugola come un maiale maremmano, ha davanti un catino bianco smaltato pieno di spaghetti freddi alla puttanesca, mangia con le mani a un ritmo forsennato, poi rallenta, si capisce che è in grave difficoltà. Si ferma. L'ultimo pugno di spaghetti non gli entra più in gola. Gli occhi gli diventano bianchi. Gli spaghetti che non entrano gli cadono addosso e sul bancone del bar. Ansima, respira a fatica e poi rantola: «Ma porca di quella puttana!» gli si apre la camicia e con un curioso rumore esplode, riempiendo di spaghetti masticati tutto il bar.

Arriva il nostromo: «Date una ripulita a questo letamaio e buttiamo questo imbecille nelle caldaie».

Nel frattempo, in sala di proiezione, un giovane ufficiale vestito di bianco illustra a un pubblico misto di ragazzi, signori di mezza età, donne in menopausa e, infine, il mitico fichista, i luoghi più interessanti e divertenti del viaggio. L'ufficiale si serve di una stecca e di una mappa: «Poi qui, a Istanbul, e mi scuso con le signore, oltre alle mille cose da comperare, c'è una zona un po'...» e qui tossisce imbarazzato «un po' speciale... Insomma, c'è il quartiere a luci rosse». Il fichista: «Come ha detto?... Ma questa è una cosa oltremodo interessante!», a fianco del fichista una specie di suora irlandese, vestita come madre Teresa di Calcutta balza in piedi, si toglie lo scialle e...

«Maledizione, è lei! La femminista da battaglia!» grida il fichista.

Questa attacca a testa bassa come un toro: «Una cosa oltremodo interessante?... Lo spettacolo spettrale di un quartiere chiuso, dove delle giovani donne fin dall'infanzia sono recluse in gabbie di legno, con l'obbligo di appagare i bisogni fisiologici più osceni dei maschi senza essere nemmeno pagate, perché i dollari vengono consegnati brevi manu a...» e il fichista: «Mi scusi signora, ma lei è di Sassari?».

«Non dica coglionate, stronzonaccio! Dicevo: vengono accumulati dai ruffiani mentre le poverette, che tra parentesi muoiono tutte molto giovani per atroci malattie veneree senza avere mai provato un orgasmo, vengono retribuite con dei pugni di riso scotto e acqua di fogna.» La sala si svuota e la belva imperversa: «Sì, andate, andate! Scappate! Siete tutti complici di questi misfatti!».

Il fichista: «Signora, mi deve scusare, cerchi di capire, io quella cosa lì...» e accenna a fare il solito gesto ripugnante. Non riesce a farlo, perché la femminista da battaglia gli sputa in mezzo agli occhi.

La sera al bar di prima classe il barman Rapetti: «Come va signora, è un po' più tranquilla oggi?». La femminista è di spalle, una giacca bianca e un cappello da marinaio americano, si intravede il fumo uscire dalla mitica pipa: «Come vuole che vadi, sono sempre infastidita dalla cultura oscena degli uomini», il barman: «Scusi sa, se mi permetto, ma la vedo sempre molto sola... e anche molto... battagliera diciamo... Non ha mai provato a trovarsi un compagno?».

La belva: «Non dichi dei luoghi comuni! Secondo te dormire con a fianco un ramarro con l'alito di un maiale che si nutre solo di minestre di ceci e merda, che poi i ceci lo gonfiano come un pallone e lui scoreggia come un cavallo da tiro ungherese riducendo la stanza a una specie di camera a gas, mi dovrebbe far sentire meglio?». Si raschia la gola e mette in canna uno sputo violentissimo. Parte il colpo, Rapetti si abbassa abilmente mentre viene su da dietro il banco il comandante in persona: «Posso essere utile?» e la belva lo centra in mezzo agli occhi.

La mattina seguente c'è il sole. Il quasi cieco Fulvio Carosi è appoggiato al bancone del bar, si avvicina il comandante in divisa bianca e con una prudente maschera da scherma: «Buongiorno a tutti, signori!», Carosi fa una lunga pausa, poi si sporge verso l'aiuto barman: «Non sapevo che ci fosse a bordo la squadra femminile di fioretto». Il comandante, che ha sentito il bisbiglio: «Come è spiritoso lei giovinotto, a parte che sono il suo comandante, ma non ho mai tirato di scherma in vita mia!», e il barman: «Comandante, perché non se la toglie quella maschera?».

«Lascia perdere Rapetti, così mi sento più protetto.»

È una magnifica serata di luna piena, che si riflette come un nastro d'argento in un mare calmissimo. Il quasi cieco è appoggiato sulla balaustra della nave, di spalle gli si avvicina il comandante in persona, è in divisa bianca da sera: «Come va giovanotto? Ha visto che notte magica?». Carosi si volta: «Ma lei non era la capitana della squadra femminile di fioretto?».

«No, mi dispiace, sono Lazzaro, quello là mi ha appena resuscitato.»

«Lo conosce!? Gli dichi per favore che non ci vedo bene e che ho bisogno di un miracolo!»

Schiaffino è rassegnato: «Va bene, lo vedo stasera a Cana alle nozze di un amico. Le prometto che gliene parlo».

Ora Carosi è seduto con una ragazza al bar.

La ragazza: «Posso dirle una cosa?».

«Mi dichi.»

«Lei è un uomo molto affascina...» passa a quattro metri il nostromo, che alza le braccia per chiamare battendo le mani un marinaio: «Franco!» e il cieco: «Ferma, stia immobile! Ha sentito?».

«Sì» dice lei «un cattivo odore?»

«Ferma! Altro che cattivo odore! Signori qui siamo di fronte a un fatto estremamente grave! In questo momento, scusate se ve lo dico, ma me ne intendo, sono saltate le tubature di tutti i cessi della nave!»

Poco dopo Carosi sta cenando a un tavolo rotondo, con un gruppo di passeggeri. Passa il nostromo a nove metri portando a braccia alzate una poltrona. Il quasi cieco balza in piedi: «Fermi! Attenzione, che nessuno tocchi cibo: questo odore mostruoso l'ho sentito solo nelle torri del silenzio in India, a Benares, che sono piene di cadaveri in decomposizione. Solo gli avvoltoi e i marabù se ne cibano, ma per disperazione».

Siamo al cinema, c'è un gruppo di spettatrici e una: «Che rottura di palle questo film!» e un'altra: «Però l'attore non è male... Tu te lo faresti?». Quella non fa a tempo a rispondere che compare magicamente da dietro il sedile il fichista: «Signorine, scusate se mi intrometto, ma trovo inadatta alla vostra natura la domanda, che dovrebbe essere dolce, femminile. Lasciate a noi uomini il tribadismo, quel tipo di aggressività che, spesso, ci fa essere appiccicosi e volgari. Vedete, io quella cosa ce l'ho sempre qui...» e fa il gesto osceno battendosi la fronte «e credetemi, alle volte è una vera condanna: io sono perseguitato dal fisico delle giovani donne come voi, non riesco a rivolgervi la parola con serenità perché vi vedo come se foste nude». Comincia a slinguettare e a mugulare impercettibilmente. «Vedo i vostri capezzoli di varie forme, vado pazzo per quelli caprini e poi i culi... e quei cespugli neri...» e qui comincia a ululare «e le vostre fiche!» Interviene il nostromo con tre marinai e lo alzano di peso. Il nostromo: «Subito in ambulatorio per un'iniezione calmante», e mentre il gruppo si allontana portandolo via grida: «E se non fa effetto, la martellata sulla nuca».

Al bar. È molto tardi, solo qualche nottambulo, una vecchia vedova forse ubriaca, l'aiuto barman, marmorizzato dal sonno. Il fichista, come sempre solo come un cane, si rivolge alla vecchia: «Signora mi scusi l'invadenza, lei è vedova?». La vecchia distrattamente: «Sì, da ventiquattro anni».

«E come ha vissuto un dramma come la vedovanza?»

«Guardi, morto lui, ho capito finalmente cos'era la felicità: la libertà di vedere film tutta la notte, di cenare alle nove del mattino, di scoreggiare liberamente, di non truccarmi e di ricevere lunghe telefonate notturne.»

«Di donne me ne intendo, e mi sembra di capire che lei da quando è rimasta sola ha avuto una serie di rapporti occasionali con partner d'ogni tipo...»

La vecchia: «Ho capito che lei di donne non capisce un cazzo... pensi che è l'unica cosa che mi è mancata di quel rompicoglioni di mio marito: era noioso, stupido, ma era un gran bell'uomo ed è l'unico col quale ho avuto un rapporto fisico straordinario. Morto lui, ho cancellato dalla mia vita la sessualità».

«Be', deve essere stata dura la cosa... difficile, diciamo...»

«Per niente, zero! Non mi è mai più venuta voglia. Invecchiando ho avuto dei momenti di solitudine e di depressione e sbevazzo un po', come questa sera. Si vede che sono ubriaca?» e cade pesantemente dallo sgabello del bar sul pavimento. Si avventa il giovane barman e il solito nostromo: «Belìn! Questa tutte le notti la dobbiamo portare a braccia nella sua cabina!». La vecchia si rialza come una vipera e al nostromo: «Mi tolga quelle manacce di dosso! E ogni tanto, almeno una volta l'anno, faccia una doccia!» poi si volta a cercare il fichista. «Dov'è finito quello lì che non capisce un cazzo?»

«Sono qui, signora, ma le volevo dire che non è vero che capisco poco, come dice lei, è che io sono differente, io sono un uomo e quella cosa lì...» fa il gesto osceno toccandosi la fronte «ce l'ho sempre in testa... è un'ossessione, un bisogno fisico senza il quale non posso mangiare, dormire, respirare...» La vecchia lo interrompe: «Vedo che è proprio uno stronzo! Anzi, forse più stronzo di mio marito. Ma si rende conto che tu si vanta di un bisogno fisiologico? È come se qui il nostromo si vantasse di dover andare al cesso quando gli viene voglia di cagare!» e ricade sul pavimento. Da dietro una pianta spunta la femminista da battaglia vestita da giocatore di football americano: «Maledetti stronzi!». Questa volta scappano tutti e l'aiuto barman spegne le luci.

Confessione

Sono le sette del mattino e la nave è in vista di Istanbul. A bordo, nella piccola chiesa, sedute sulle panche di legno, ci sono tre vecchie croceriste in attesa. Arriva il Cappuccino: «Scusate il ritardo, ma giù in terza classe ho dovuto lottare strenuamente contro il demonio che si era impossessato di un passeggero portoghese, perché io sono, questo non l'ho mai detto, un pagatissimo esorcista. Un secondo solo e sono subito da voi per le confessioni. Siete qui per confessarvi, immagino? Datemi solo un attimo di tempo...».

Da sotto la tonaca tira fuori una camicia da uomo macchiata di sangue e rivolto alle vecchie: «Poveraccio: un cameriere filippino, ora sta meglio, ma è stato accoltellato da un energumeno, un passeggero arrogante, certo Gino Bella, di cui però non posso fare il nome, ma lo voglio punire. Butta la camicia sul pavimento e comincia a calpestarla: «Giù, giù, giù per terra che una borsa magica di jella faccia fuori Gino Bella!». Si fa il segno della croce e dice alle vecchie: «Ho finito, grazie! Chi è la prima?». Le tre anziane si alzano di scatto e all'unisono: «Io!», lui indossa una stola tutta macchiata di minestra: «Va bene, va bene, facciamo così: cominciamo dalla più anziana» ne indica una a caso. «Venghi lei, signora, quanti anni ha? Aspetti! Non me lo dica, so indovinare l'età di tutti quelli che incontro. Zitta! Non lo dica! Be', lasciamo perdere è lo stesso! Si accomodi lì sull'inginocchiatoio» e poi sorridendo «c'è un cuscino per proteggere le ginocchia...» e prima di entrare nel confessionale dice alla vecchia: «Penso che lei non sia certo un'assassina, o una che ruba nei supermarket... Per non fare aspettare troppo le altre» e qui quasi in un sussurro «solo peccati contro la morale sessuale cattolica?» ridacchia. Entra e chiude la porticina. «Forza signora, ha qualcosa da dirmi in materia?» Passano due minuti e il Cappuccino con un urlo tremendo: «Nooooo!» si scaraventa fuori dal confessionale sradicando la porticina di legno. «Noooooo! Ma porca di quella puttana! Ma come è possibile?» Si butta fuori sul ponte, arriva al bar, è bianco, le sue mani e tutto il suo corpo sono pervasi da un tremito convulso. «Per pietà, aiutatemi! Aiutatemi!» e rivolto al barman :«Mi dii qualcosa di devastante da bere!». Il barman: «Ma che è successo?», lui respira a fatica: «Non posso, sono vincolato al segreto della confessione». Arriva al bar il medico di bordo, è in mutande, anche lui respira a fatica: «Qualcosa di molto forte da bere!» e il barman: «Anche lei, dottore. Una brutta notizia?».

«No, è che due minuti fa mi è morto tra le braccia, folgorato da un arresto cardiaco, un passeggero che era anche mio amico, il signor Gino Bella. Ragazzi è incredibile! Prima di imbarcarsi aveva fatto tutte le analisi: perfette!»

Il medico dilettante

La nave ora è ferma, in attesa del permesso di attraccare al mitico Corno d'Oro di Istanbul.

È l'ora della colazione del mattino. Quattro vecchie ipocondriache sono sedute a un tavolo tondo, in piedi c'è un personaggio insidiosissimo: il medico dilettante: «L'ipocondria, care signore, è una malattia vera e propria, che va affrontata con molta intelligenza, perché può portare a dei disturbi psicosomatici gravissimi, come l'insonnia, la bulimia e, purtroppo, l'infarto miocardico». Qui si schianta sul pavimento una delle vecchie. Questa volta l'intervento della barella è immediato e la poveraccia viene portata via senza che nessuno se n'accorga. Poco dopo, la povera vecchia viene fatta scivolare in mare avvolta nella bandiera tricolore. Intanto, al ristorante, il medico dilettante imperversa: «... e quindi è grazie alla mia esperienza che stabilisco se un disturbo è oggettivo, o solo soggettivo. E lo faccio, modestamente, senza esami di laboratorio, senza risonanze magnetiche, o TAC, e tutte quelle baggianate che vi prescrivono i miei "colleghi", si fa per dire, in quelle cliniche private che sono delle autentiche associazioni a delinquere. Io, infatti, con la semplice imposizione delle mani, come facevano i grandi clinici di un tempo, e faccio nomi a caso: Innocenzo Frugoni, Condorelli... riesco a diagnosticare le malattie con una precisione straordinaria. D'altronde scusatemi, non vorrei sembrarvi immodesto, ma a suo tempo in Galilea c'era uno che faceva le stesse cose... Vedi la resurrezione di Lazzaro, che poi, questo è un pettegolezzo dell'epoca, ha causato prima dei dissapori e un'autentica rissa tra quelli che si erano illusi di avere ereditato una fortuna... Insomma, a parte questo episodio finito male, vi garantisco che ho delle facoltà di cui io stesso mi stupisco». Mette la mano sulla fronte di una vecchia per pochi secondi, tiene gli occhi socchiusi e poi a voce alta: «Encefalite primordiale facilmente curabile, scusi, prendo il mio ricettario. Con Viamal, mezza compressa al dì, Tuttoben gocce da 2,5 bed time...». Mentre il "luminare" sta scrivendo la prescrizione, si forma attorno a lui un capannello di almeno venti ipocondriaci che prendono appunti, compreso il barman, il nostromo e il medico di bordo. Un'altra vecchia: «Ora ci sono io, professore! Io c'ho...».

«Non mi dica nulla, per favore. Un clinico medico non deve mai essere influenzato dai finti disturbi dei pazienti. Venghi qui, signora, mi dii i polsi.»

La vecchia è terrorizzata... «Stia tranquilla!»; nella zona bar c'è un'attesa spasmodica e un silenzio quasi religioso. Un intero minuto. Il luminare tiene i polsi della vecchia. Occhi chiusi, poi, sempre a occhi chiusi «Ahi ahi ahi ahi ahi ahi...». La vecchia si stacca senza un urlo, va verso il parapetto e si butta in mare. Gli altri malati non ci fanno quasi caso. Il nostromo fa un gesto ai barellieri, quasi a dire "Non muovetevi, sono cose che capitano...".

Il clinico: «Ma porca di quella puttana, ma vi rendete conto quanto è pericolosa l'ipocondria? Io volevo solo dire: ahi ahi ahi, fortunatamente lei è sanissima... Scusatemi, ora ho delle visite più importanti di queste... La prossima lezione è fissata per domani pomeriggio alle ore 16 qui al bar» e rivolto al nostromo «e lei, nostromo, prepari le barelle e sia un po' più attento, per evitare episodi come quello di cui siamo stati testimoni...».

Applauso fragoroso.

All'una, buffet, i passeggeri si riempiono i piatti in maniera oscena. Arriva, con un piatto completamente vuoto, il pessimista: «Signori complimenti, vedo che approfittate di questa montagna di cibo che i servizi di bordo chiamano, pomposamente, "ogni bendidio"! Ma voglio la vostra attenzione! Qui non c'è da scherzare, ci sono un sacco di avanzi dei giorni precedenti e, se guardate bene, in quei gamberoni che guarniscono le insalate russe sono riconoscibili i cadaveri della cena di benvenuto a inizio crociera. Questi buffet, infatti, così invitanti, colorati e allestiti con arte truffaldina, sono in realtà delle trappole pericolosissime». Ferma alcuni disgraziati che stanno andando a sedersi con i piatti colmi: «Fermo lei! Butti immediatamente quel veleno nei secchi della spazzatura. Subito! E non lo getti in mare, perché sarebbe un reato perseguibile dagli ambientalisti, che la denuncerebbero per l'estinzione di alcune specie di pesci!». A questo punto sale su una sedia: «In questo buffet c'è una specie di esposizione di cibi pericolosissimi per i cardiopatici. Ne vedo molti... così di diabetici... Insomma, da questa sedia vedo un gruppo di futuri cadaveri. Condoglianze a tutti!».

L'assalto al buffet si è leggermente placato, lui scende dalla sedia e gli si avventa addosso un grassone di Faenza: «Stai a sentire, scemo, è sessantadue anni che mangio, bevo e sto... sto... da Di...» sotto lo sguardo immobile dei presenti il grassone si abbatte rotolando sotto un tavolo. Accorre il medico di bordo in camice bianco e in mutande, si china, lo ausculta e si rialza lentamente con la faccia seria. Alla moglie: «Signora mi dispiace, non c'è più nulla da fare. Un infarto miocardico». A questo punto nessuno dei presenti riesce più a toccare cibo. Il pessimista si allontana e prima di uscire dalla sala ristorante, ad alta voce aggiunge: «E questo non è che l'inizio... In ogni caso, le mie più sentite condoglianze alle future vedove».

Intanto al bar il fichista confessa: «Io sono pazzo per le donne, ma la cosa che temo di più sono le donne al volante». Una ragazza: «Ma in quale secolo sta vivendo, mi scusi?».

«Questo! E vivo a fatica mi creda! Ci sono dei problemi che quando ero giovane non c'erano! Pensi solo all'invasione degli extracomunitari!» e la ragazza: «Sì, ma hanno sostituito i braccianti nella raccolta dei pomodori al sud, e tutte le domestiche al nord!».

«Ma sono un grave problema, mi creda: portano malattie sconosciute e, soprattutto, una delinquenza spietata!» e la ragazza sarcastica: «Ma quale sarebbe secondo lei la soluzione? Le camere a gas?».

«Ma per carità! Non ho detto questo! Dico solo che bisognerebbe pattugliare le coste di Pantelleria e il canale d'Otranto con la nostra flotta.»

«Quindi quando si avvicinano quelli sui barconi consiglia di spararg li addosso?»

«Signorina, lei mi fa dire delle cose che io non ho detto. Le navi da guerra dovrebbero servire da deterrente.» Interviene un giovane truccato da Che Guevara: «Ma... mi scusi, secondo lei, che è un brav'uomo e un bravo cristiano, come mai nessuno di quei preti pedofili, che predicano il buonismo e l'amore per il prossimo, dice una sola parola quando dagli elicotteri dell'esercito avvistano intorno a Lampedusa i cadaveri di quei disgraziati che cercavano una vita migliore? Pensi solo alla disperazione di quei poveretti sui gommoni che dovrebbero portare non più di sei persone e invece ne caricano cento... Sotto il sole che è uno scudo di rame, senz'acqua, senza cibo, con le donne con i bambini in braccio, che hanno affidato il loro destino alla peggior genia che ci sia al mondo: gli scafisti. Lei che suggerisce?».

«Facile!» dice il fichista. «Non fidarsi mai di quelli che lei chiama gli scafisti. Chi vuole raggiungere il nostro paese deve affittare delle barche sicure, possibilmente con due motori diesel, non dico le grandi barche di lusso che ci sono in Costa Smeralda, ma insomma, qualcosa di simile...»

Poco dopo il fichista è sul ponte a bordo piscina e sta mimando accuratamente, usando delle sedie sdraio, delle lunghe scopate di fronte a un pubblico di bambini dai quattro ai dieci anni: «Bambini, vi faccio vedere ora la posizione più consigliabile per far arrivare a una serie di orgasmi succedanei...». Passa il nostromo: «Senta, mentecatto, non vede che sono dei bambini? Guardi che la faccio castrare dal gatto del comandante. Sparisca immediatamente!».

Il fichista impaurito sgattaiola dentro al bar dove punta due signori che stanno parlando allegramente del Milan. «Scusate se mi intrometto, ma io di calcio non ci capisco proprio niente, perché sono ossessionato...» e si picchia in maniera oscena la fronte. «Questa notte mi son fatto due tedesche, due gemelle, una dopo l'altra, e le ho fatte impazzire! Urlavano come maiali che stanno per essere macellati... Scusatemi, guardate quella lì seduta, che legge il giornale: io quella lì l'attaccherei al lampadario di seconda classe...», uno dei due: «Ma che dice? È mia moglie!».

«Scusi, ritiro tutta la programmazione, però non si offenda. Se me la desse in gestione solo per due notti, io cambierei la vita della signora da così a cosà...»

Si avvicina il nostromo accompagnato dal solito odore di malga alpina: «Per favore la smetta di rompere i coglioni, gliel'ho già detto!» e il fichista: «Ma era solo un'ipotesi!».

Un'ora dopo lui, imperterrito, è sul Ponte Sole. Questa volta il pubblico è una vecchia signora con un marito cieco. Il fichista: «Signori, attenzione! Ora vi dimostro la mia abilità straordinaria nel far raggiungere un orgasmo immediato anche a due donne contemporaneamente. Abitualmente trattasi di turiste tedesche, le più difficili. Io le sbatto al muro come dei polpi morti e le faccio urlare per orgasmi succedanei come coriste della grande Filarmonica di Von Karajan. Una volta, signori, durante una crociera ho posseduto una spagnola cattolicissima; nella mia cabina l'ho inchiodata a una croce rudimentale e le sue urla in plancia sono state commentate dal comandante: "Chi è quel cretino che si è permesso di suonare la sirena della nave?". Vi rendete conto di cosa sono capace?». Il cieco comincia, infastidito, a battere sul pavimento di legno il suo bastone bianco. «Basta! Siamo vittime di un malato di mente!» I due anziani sposi vengono soccorsi prontamente da due giovani marinai.

Tutte le notti dalla sua cabina si sentono i suoi mugolii: «Ed eccomi a te per la quinta volta in mezz'ora! E ora voltati... e soprattutto urla, rantola, grida; sgodazzo! Dio mio come sgodazzo!». Dopo cinque notti di incubo, i suoi vicini hanno chiamato il nostromo: «Guardi bisogna provvedere! O lo buttate in mare, o noi fermiamo la crociera!». Sono le tre del mattino, il nostromo si avvicina con due marinai.

«... mugolii, e soprattutto sgodazzo! Sgodazzo in maniera orrenda. Dio come sono bravo! Certo che debbo riconoscermi un'abilità spaventevole nel portare in paradiso due o tre donne per notte!»

Il nostromo bussa sommessamente. Lui: «Non posso aprire, ho appena sventrato due turiste danesi e ora debbo aprire in due come una mela una ragazza di Milano, di diciotto anni». Il nostromo si consulta con i marinai e con un calcio devastante spalanca la porta della cabina. Il disgraziato è solo: senza pancera, col ventrone da malato, senza tacchi mascherati, insomma, una specie di nano con il parruccone tinto. Data la sua pinguedine, al posto del pene c'è un buco nero e, sotto, pendono fino alle ginocchia due enormi testicoli violacei. È immobile, ma urlacchia: «Sgodazzo! Sgodazzo!». Quando la porta si spalanca ammutolisce e abbassa gli occhi davanti al nostromo, quasi gli volesse chiedere: "Abbi pietà! La prego, abbi pietà! Non lo dichi in giro, io quella cosa lì ce l'ho..." e fa il gesto ripugnante.

L'indomani è una magnifica mattinata di sole, sul ponte c'è un gruppo misto di atleti in tuta grigia con la scritta "Società polisportiva Stradella". Sono tutti allegri e felici. Una bella ragazza: «È stata una magnifica idea quella della crociera per allenarsi alle gare di settembre!», uno più anziano degli altri, indubbiamente l'allenatore: «Ragazzi, conosco le vostre possibilità e sono sicuro...». Da un ponte sopra si affaccia il pessimista, che lo interrompe: «Scusatemi, sono qui solo a dirvi che in queste competizioni non sarete soli, ma purtroppo troverete degli agguerriti avversari, soprattutto le squadre dell'Est, che vedono nella vittoria l'unica possibilità di evadere da una povertà endemica e da un mondo senza futuro. Voi invece siete cresciuti a Stradella, il mitico paese delle fisarmoniche e quindi siete nati nel benessere, ben pasciuti, e una vittoria non cambierebbe certo la vostra vita» e scompare.

I ragazzi si guardano. L'allenatore: «Su con la vita! Andiamo, voglio vedervi ridere!» ma non ride nessuno. Rispunta il pessimista: «In ogni caso c'è di peggio...».

Siamo a bordo piscina, un gruppo di sedicenni sta parlando del mostruoso pericolo degli esami di maturità. Una ragazzina dice: «Mi sa che state esagerando! Insomma, basta metterci un po' di buona volontà...», un ragazzo: «È una prova impegnativa...», un altro: «Ma no, ha ragione Chiara, basta impegnarsi un po'. Scommettiamo?».

Appare, salendo la scaletta della piscina, lui, il pessimista: «Ragazzi, vi sconsiglio di avventurarvi in scommesse pericolose, rischiando i vostri pochi risparmi... L'esame di maturità è davvero un ostacolo terrificante che pochi riescono a superare; e anche se uno si prepara coscienziosamente, arriva al giorno fatidico in uno stato di confusione mentale e l'emozione, in quei casi, fa dei brutti scherzi. Ho visto molti primi della classe fare scena muta e poi abbattersi privi di sensi di fronte a professori sadici e frustrati dal loro insuccesso nella vita. Vi do un consiglio: abbandonate immediatamente gli studi e dedicatevi a mestieri alternativi: pulitori di vetri ai semafori, piccoli furti nei supermarket e, unendovi a bande di zingari rumeni, accattonaggio con cartelli e neonati in braccio... Credetemi, è l'unica possibilità per voi» e si butta in una presa d'aria.

Siamo nella cabina del comandante: «Prego si accomodi». Entra il pessimista: «Mi scusi, ma non sente un volgarissimo odore di lavanda comperata in una tabaccheria sotto casa?». Il comandante infastidito: «Lasci da parte certi commenti, mi dispiace doverla disturbare durante un momento felice e spensierato come una crociera, ma da più parti mi si dice che lei fa intristire i passeggeri rovinando loro la vacanza. Ora, dato che uno dei miei compiti è anche quello di far sì che nella nave regni un clima di allegria...» e il pessimista: «Mi scusi può usare meno preamboli? Non capisco quello che mi vuol dire...», il comandante: «Magari lei ha una visione non troppo ottimista della vita, ma la prego, faccia uno sforzo e cerchi di non rovinare ai passeggeri un momento felice...».

«Signor comandante, io non ho intenzione di rovinare il clima gioioso di questa crociera, mi creda, la mia è solo una pura e semplice forma di generosità... Voglio solo evitare ai suoi passeggeri delle brutte sorprese...», il comandante: «Mi dicono, però, che lei sta terrorizzando quasi tutti, come la volta che ha dato per certo l'arrivo di un'onda anomala, come quella del *Poseidon*, si ricorda il film?...».

«Sì, comandante, ma purtroppo ho avuto notizie da autorevoli uffici meteo, con i quali sono in continuo contatto, che c'è in arrivo una paurosa onda anomala alta almeno cento metri.» Il comandante balza in piedi: «Ma non dica cazzate, scemo! Io vado per mare da almeno cinquant'anni e la prego vivamente di evitare di dire in giro queste sciocchezze»; il pessimista: «Se vuole, ma una cosa gliela devo dire: io sono un astronomo professionista e non la voglio mettere in allarme, ma stiamo attraversando la costellazione delle Pleiadi e corriamo il rischio di essere bombardati da una pioggia di meteoriti...». Il comandante sbianca: «Ma dice sul serio?» e il pessimista: «Ma comandante, secondo lei sono venuto qui per spaventarla? Io sono qui per avvisarla di prepararsi al peggio. Che ore sono adesso?».

«Le 15.40.»

«Posizione nave?»

«15 gradi a est del Bosforo.»

«Ci siamo, dia l'allarme generale! Stiamo per essere centrati in pieno da un meteorite di quindici tonnellate! Comandante, è la fine, mi dispiace che sia andata così.» Il comandante balza in piedi, spalanca la porta con un calcio urlando: «Ma porca di quella puttana maledetta! Chi l'avrebbe mai detto?» e si butta a volo d'angelo centrando, fortunatamente, una lancia di salvataggio.

L'abbraccio con l'Asia

Finalmente arriva il momento della gita a Istanbul. Una luce meravigliosa si riflette sulle cupole dorate delle moschee, a destra il magico Corno d'Oro con il ponte di Galata. La nave rallenta: si prepara all'attracco. Le vengono incontro i rimorchiatori. I ponti sono pieni di passeggeri ammirati, poi d'improvviso un urlo d'entusiasmo e un applauso. Fra due rimorchiatori ecco avanzare un grosso motoscafo blu. «È lui, è lui!» urlano in molti. Il grosso motoscafo si affianca allo scalandrone reale. Il nostromo e altri marinai si precipitano ad aiutare: è la vecchia tedesca di Capri con il marito, con gamba ingessata e grosse stampelle di legno. La vecchia: «Sì! Krazie, sono io e qvesto voi conoscete cià è il mio marito. Lui crete che è normale, invece completamente pazzo... Foluto meticazione a spedale taliano di Napoli. Poche speranze che cammina pene, foluto Mercellina fittare motoscafo da contrabbandiere napolitano. Viacciato notte e giorno, speso molti soldo, perché lui fuole tornare nafe...». Applausi, cori da stadio, insomma un trionfo!

Il programma della gita a Istanbul è nutritissimo. Visite alle basiliche bizantine di Santa Sofia e alla moschea Blu, poi il mitico Topkapi, il palazzo del sultano e gran finale: lunga passeggiata nel Gran Bazaar, con una sorpresa: al centro del mercato si fa una sosta per gustare il famoso caffè turco. «Ma le sorprese non finiscono qui!» è il capo delle guide che parla: «Perché avremo il privilegio di assistere alla finale del famoso festival internazionale della bestemmia di Istanbul. Via! Partire veloci, che le navi non aspettano!». Durante la visita ai monumenti i croceristi si rendono conto che i turchi bestemmiano come turchi, ma soprattutto fumano. Un passeggero ha domandato alla guida: «Come mai fumano tanto?».

«Perché sono turchi, signore, e quindi fumano come turchi. Ma la specialità di questo popolo è la grande creatività nella bestemmia. Per questo bestemmiano come turchi, anzi noi abbiamo la fortuna di essere arrivati qui in un giorno quasi straordinario: c'è la finale del famosissimo festival della bestemmia di Istanbul.» Molti passeggeri domandano con ansia: «Ma noi possiamo assistere a questa manifestazione?» e la guida: «Non vi preoccupate signori, noi siamo venuti qui non tanto per le moschee, per la magia del Corno d'Oro, ma per l'inebriante finale del festival».

Poi, quasi di corsa, visita al Topkapi, col Divan, che è il trono del sultano, e al galoppo al famoso Bazaar. Dopo venti minuti, la guida: «Certo, signori, che per visitare tutto il mercato ci vorrebbe almeno un mese, ma eccoci al clou della nostra gita: siamo finalmente arrivati in questo anfiteatro gremito in maniera incredibile. Signori è un momento magico, eccoci alla mitica finale del festival della bestemmia. Silenzio, signori, mi raccomando, silenzio!».

C'è un clima quasi religioso. Il direttore del festival, un turco vestito da turco, con un lungo bastone d'avorio, indica un concorrente: «E siamo arrivati al grande momento: sono rimasti in lizza il famoso bestemmiatore armeno Carcaturian, contro il nostro grande campione, vincitore delle ultime sei edizioni, il turco della Cappadocia Tariq Harkam». Al centro dell'arena in sabbia avanza il grande bestemmiatore. Chiude gli occhi, respira profondamente una decina di volte e poi parte con una bestemmia spaventosa di quindici minuti e mezzo. Sono quattro mesi che la sta costruendo con un gruppo di ventotto famosi bestemmiatori locali e questa volta ha voluto nella squadra anche tre bestemmiatori di Livorno. Già dopo i primi dodici minuti si capisce che sta sbaragliando Carcaturian. La bestemmia sta salendo d'intensità e l'arena aspetta il gran botto finale. Tutti seduti, in silenzio, pronti a scattare in piedi per un applauso interminabile. Arriva in cima alle tribune il gruppetto dei croceristi. La guida fa un gesto quasi implorante per chiedere un silenzio totale. C'è anche il vecchio tedesco con la moglie, gamba ingessata fino all'inguine e stampelle di legno. Senza parlare fa capire alla guida che deve appoggiarsi da qualche parte, e quella gli indica un posto miracolosamente libero sotto di lui. Il vecchio è molto vacillante. La moglie gli soffia all'orecchio: «Fai! No afere paura...». Lui mette avanti con molta prudenza le stampelle e va su a forbice per quasi tre metri. Mentre cade, l'arena viene squarciata dalla più spaventevole bestemmia tedesca di tutti i tempi. Il campione Tariq si interrompe: la bestemmia sembra non finire mai e si riverbera in maniera suggestiva in tutto il Gran Bazaar. Dopo dodici minuti sembra perdere forza e c'è un attimo di silenzio e qui succede un fatto straordinario: riparte con una forza imprevedibile. Tutti sono in piedi, ma la bestemmia non accenna a finire, si sente giù fino al ponte di Galata e le navi in rada cominciano a suonare le sirene. Nello stadio urlano tutti come pazzi, il direttore cerca a fatica di ottenere un po' di silenzio e alla fine: «Signori, scusate l'emozione, parlo a fatica perché sono commosso. Come avete capito tutti, proclamo vincitore assoluto la grande sorpresa degli ultimi sedici anni. Sì, è lui, il signore là in alto, che adesso non si vede perché sta ancora bestemmiando nascosto sotto le sedie numerate. Silenzio! Gentilmente ci può dire il suo nome?». Balza in piedi come una belva la moglie, si butta in mezzo alla pista di sabbia e prende per il collo il direttore: «Atesso io tice che topo frattura Capri del mio marito, io antata ambasciatore tetesco, lui ora frantumato anche altro femore e quinti salto ambasciatore e fado diretta dal signor sultano!». Sputa in faccia al turco e si avvia veloce verso l'uscita. Scompare, poi rientra, è stranamente calmissima: «Per colpa ti foi, mio marito lascio lì per terra esamine... emasine... esamise... non so tire qvesta parola... mi fiene meglio qvesta: "fick dich", è parola tetesca, che fuol dire: 'fanculo!».

Lasciare Istanbul è stato veramente un dolore per tutti. È il tramonto sul Corno d'Oro. La torre di Galata, quella esagonale, prende il sole di spalle. E dal ponte, ormai lontano, portati da una leggera brezza del nord, arrivano fino alla nave gli odori inebrianti delle grigliate di pesce; su su fino al Ciflik, il roseto che circonda il Topkapi, il palazzo del sultano. Dietro sale dolcemente lo spettacolo straordinario della città. E in fondo, l'enorme disco rosso del sole, che si riflette sulle cupole d'oro delle moschee. I passeggeri sono tutti fuori, inebriati. Si è creato uno strano clima di fratellanza. Molti, che non si sono mai rivolti la parola per tutto il viaggio, si tengono per mano. Il comandante dalla plancia dice al secondo ufficiale: «Cangemi! Mi piace quando sono così, perché...».

«Sono diventati froci?» ridacchia il secondo ufficiale.

«Ma che cazzo dice?... E lasci da parte per una volta il suo solito cinismo, io voglio dire che la crociera è riuscita e che il merito è anche nostro... Senta che calma!» Proprio in quell'istante dal bar di prima classe arriva un urlo agghiacciante, forse anche due colpi di pistola, e poi il fragore di un martello di ferro che spacca in due una noce di cocco. Siamo giù al bar. Il nostromo balza su una poltrona di finta pelle, alza le braccia: «Signori, per favore, state calmi!» ma per quell'alzata di ascelle si affloscia e scompare dietro il bancone il barman Rapetti. Davanti, invece, due polacchi, del tutto astemi, vanno giù insieme, battono le fronti con violenza sul banco e scivolano lentamente con le facce sul pavimento di tek. A questo punto, tutta la zona viene inondata da un odore diverso, come se fosse saltata la fogna madre di Calcutta durante la stagione monsonica. La testa di Rapetti riemerge a fatica da dietro il banco, il poveraccio è ancora stordito: «Ma che cazzo è successo qui?», arriva il Cappuccino: «Nulla, nulla!» gli alita in faccia da dodici centimetri e come sempre sembra abbia appena tracannato una grossa tazza di merda tiepida: «Prendo io in mano la situazione!». Questa volta Rapetti non va giù lentamente, ma vola letteralmente all'indietro. Nucata rimbombante sul solito spigolo maledetto e rimane giù come un coniglio selvatico. Però respira. E qui compare il comandante in persona: «Signori, per favore!» e poi a parte, al nostromo: «Fermo con quelle braccia, lei! Signori, scusate la mia curiosità, cos'è questa leggera badaronda... batadonda... baratonda...? Maledetto italiano! Mi sono incagliato!». Il nostromo, a braccia ferme: «Dichi "casino": è più facile», il comandante lo fulmina con un'occhiata. «Insomma, avete capito... Che succede?» Viene avanti la signora tedesca, spingendo una sedia a rotelle con il marito con entrambe le gambe ingessate fino all'inguine. Ha una rivoltella automatica ancora fumante in mano: «Signor comandante, ci spieco io tutto: quello signore che lei fede seduto in poltrona de bar, che qui chiamano tutti fichista dice a me: "Ora che suo marito è inutilizzabile, venga a dormire tutte le notti nella mia cabina, io la sbatto contro muro come polpo morto e ci faccio provare paradiso...". Io sparato subito tue colpi con questa pistola Mauser tetesca, colpi antati purtroppo a fuoto»; la interrompe l'aiuto barman: «Be', proprio a vuoto direi di no...» e indica al comandante due passeggeri di Berna sul ponte superiore: sono caduti uno sull'altro, centrati uno in fronte, immobile, e l'altro al torace, che però respira ancora. La vecchia: «Fa bene, d'accorto, signor Pignolini, di qvesto si parla topo, io perzo pazienza, mio marito mi ha fornito allora crosso martello di ferro, che portiamo sempre con noi in fiaggio, parto con rincorsa e con grantissima fiolenza, ma faccio leccero errore e ritotto in cattife contizioni passeggero de Tolosa». Il nostromo, sempre senza alzare le braccia per prudenza: «Comandante, l'ha aperto in due come un cocomero, un rumore agghiacciante. Guardi, anche sul soffitto e per terra c'è pieno di materia cerebrale».

Il comandante: «Va bene, va bene! Facciamola finita! Datevi la mano, perché tutto è bene quel che finisce bene!».

Il nostromo: «E del passeggero di Tolosa?».

«Va be'... Ma era molto anziano, in ogni caso dii una pulitina per terra e sul soffitto.» Il comandante sta per andar via e il nostromo implacabile: «E i due svizzeri?», e il comandante senza neppure voltarsi: «Che domanda stupida, nostromo, in mare, naturalmente... e mi raccomando, ricordatevi che questa sera c'è la festa del buonumore!».

Il comandante torna in plancia: «Tranquilli, tranquilli, il solito piccolo diverbio tra passeggeri... Comunque guardate che meraviglia, qui sul Bosforo la nave sembra che scivoli su uno specchio... Speriamo che continui così anche dopo i Dardanelli. Vado a schiacciare un pisolino. Comunque, per qualunque cosa, svegliatemi senza pietà».

Poco dopo, a un tavolo del ristorante c'è il quasi cieco Fulvio Carosi assieme a un gruppo festante di passeggeri. Ed ecco un urlio e uno squittio entusiasti dai tavoli. «Venite a vedere che spettacolo! Tutti, tutti, veloci, di corsa!» Si precipitano in branco verso il Ponte Passeggiata. «Guardate che meraviglia, guardate che colori!» Il capocameriere: «Sì, però attenti alle vetra...». Sul fondo di quelle grida felici si sente un sordo colpo di gong, non di rame, ma di vetro infrangibile. Quando i passeggeri rientrano per la cena, i commenti sono: «Be', questo tramonto meritava il viaggio...», «Me lo ricorderò sempre...». Al tavolo manca Carosi. Una passeggera: «Ma il signor Fulvio dov'è finito?», un'altra: «Sarà ancora fuori sul ponte ipnotizzato da quei colori magici! Noi cominciamo a mangiare però, che c'ho una fame...».

Nel frattempo, nel buio del Ponte Sole, il nostromo e tre marinai stanno calando a mare il signor Carosi, che finisce lì la sua crociera. Uno dei marinai commenta: «Sì, d'accordo, è stato sfortunato, però ha scelto un posto meraviglioso».

Appena la nave mette la prua fuori dallo stretto, si ripercuote in tutto lo scafo una specie di esplosione, come se avesse picchiato contro una roccia. Il comandante balza in piedi, ha il berretto in testa, ma è in mutande, entra in plancia: «Ma che cazzo succede qui?», il secondo ufficiale: «Niente, niente comandante, solo un po' di mare...». Il mare è completamente bianco. «Solo un po'?... Temo che sia il caso di dire ai passeggeri che il mare è leggerissimamente mosso...»

Ora siamo nella sala da pranzo, pronti per la cena, tutti vestiti da sera per la festa del buonumore. Si sente la botta terrificante, balza su una sedia il pessimista: «Signori, è chiaro che questo viaggio sta per finire in tragedia. Ecco i motivi del boato terribile che abbiamo sentito: le cause possono essere solo due: o siamo stati silurati da un U-boot tedesco sopravvissuto alla Prima guerra mondiale, o siamo andati a sbattere contro quel maledetto iceberg, ovviamente lo stesso del *Titanic*, che ci segue da tempo. Purtroppo così stanno le cose. Comunque, consiglio ai signori passeggeri di fede cattolica di farsi impartire subito l'estrema unzione, previa confessione. Avanti col Cappuccino!». Compare subito un cameriere filippino con una grande caraffa di caffè, arriva il barman Rapetti, lo attacca di spalle, prende la brocca al volo, corre verso il Ponte Passeggiata e la butta in mare. «Scusatemi, ma questo scemo non capisce bene l'italiano.» Entra il Cappuccino, già attrezzato per le confessioni: «Signori, mi metto in quest'angolo e parlate a voce molto bassa, per non farvi sentire dagli altri». Il pessimista: «Scusatemi, signori, la cosa più importante non è il volume della voce, ma la velocità: la nave sta affondando e abbiamo quindi tempi strettissimi. Ci sono le confessioni da esaurire, io salterei tutte le estreme unzioni, perché sapete che c'aspetta la ricerca caotica delle cinture di salvataggio nelle vostre cabine, vi prenderà il panico e non tutti potranno tornare vivi sul Ponte Lance e qui, credetemi, lo spettacolo sarà infernale. Le regole di precedenza per salire sulle barche saranno calpestate, altro che "prima le donne e i bambini"... Mi si dice che molti passeggeri sono armati con rivoltelle, temperini svizzeri e grosse forbici da sarto. La salita sulle lance di salvataggio sarà uno degli spettacoli più spaventosi al quale avrete l'amaro destino di assistere: dovunque molto sangue, orecchie, dita dalle quali sono stati sfilati gli anelli d'oro e neonati con le teste mozzate. Comunque, avanti con le confessioni!». Il Cappuccino dal suo angolo: «Con chi comincio? Per ordine di età?»; si fa avanti la vecchia che aveva interrotto la sua confessione qualche giorno prima: «Padre, sono io la più vecchia della nave» e va a sedersi per terra ai piedi del prete. «Ma, signora, scusi, lei l'avevo già...» e la vecchia: «Sì, ma non m'aveva dato l'assoluzione!». Molti passeggeri gridano da più parti: «E andiamo! Che siamo in un ritardo preoccupante!». Il Cappuccino si abbassa, si indica l'orecchio destro e sussurra: «Mi dichi, signora». Neppure venti secondi, il frate balza in piedi cianotico, gli occhi pallati. «Nooooooooo!» e si precipita verso la passeggiata «Aiutatemi!» urla. «Non ce la faccio! Mi butto in mare e mi uccido!» Parte a una velocità impressionante verso il ponte, non vede la vetrata e si sente un terrificante colpo di gong, va a finire sotto un divano e rimane immobile, però respira...

Compare il comandante, è sempre in mutande, ma in testa ha il berretto con la greca dorata, che gli conferisce una certa autorità: «Scusatemi, mi stavo vestendo quando m'han detto che qui serpeggiava un certo malumore e mi son precipitato subito per tranquillizzarvi. All'uscita dai Dardanelli abbiamo trovato un leggerissimo mare di vento, quindi state calmi, cenate come sempre, conversando amabilmente, e vi consiglio il pesce fresco grigliato del Bosforo, pescato al massimo due ore fa, e poi ci vediamo tutti al ballo del buonumore! Buon appetito!». Un passeggero di Trento al capocameriere: «Cameriere, mi scusi, posso cambiare? Avevo ordinato due uova all'occhio con fette di prosciutto cotto, ma non voglio perder l'occasione e prendo anch'io il pesce fresco!», il cameriere, a bassa voce: «Mangi le due uova all'occhio, quel "pesce del Bosforo" può essere pericoloso...».

«Perché, è ancora vivo?»

«No, morto da un anno e mezzo...»

A questo punto la nave comincia a ballare: prende un forte mare di fianco. Il pessimista interviene: «Signori, ci siamo, è cominciato il ballo del buonumore!...». I camerieri entrano con grandi piatti di portata, vanno a una velocità innaturale, attraversano la sala, alcuni si infrangono contro le vetrate, i più inesperti, quasi tutti filippini, s'infilano nelle finestre aperte e con urla agghiaccianti volano in mare. All'altoparlante, la voce del comandante: «Signore e signori, è il vostro comandante che vi parla: intanto buona cena a tutti, vi volevo solo avvisare che stiamo attraversando una zona di mare cattivo, purtroppo siamo costretti a prenderlo di fianco. Nulla di serio... solo, come vedete, un leggero rollllioooooo!...». Segue un'imprecazione inquietante: «Ma porca di quella puttana!» poi, il terribile rumore che fa la fronte del comandante di una nave passeggeri che va a sbattere con estrema violenza contro una vetrata.

E qui apriamo una parentesi: in ogni crociera, per allettare i clienti, viene esaltato il divertimento unico e straordinario che li aspetta, e mai viene sfiorata la possibilità che le condizioni meteo possano guastare quel momento felice della loro vita. Un tempo nei dépliant di ogni armatore c'era, alla fine, ma proprio alla fin fine, un'assicurazione che a molti sfuggiva. Era una frase veloce, scritta alle volte in caratteri illeggibili per gli anziani, come fanno le industrie farmaceutiche per le controindicazioni sulle scatole dei farmaci, e diceva: «La nave è fornita di due grosse pinne laterali, che impediscono ogni forma di rollio». Già alla partenza il comandante in persona usava la sua autorità per augurare a tutti un felice soggiorno e chiudeva sempre sorridendo con un: «E poi, signori, vi devo dire che, data la mia trentennale esperienza, siete molto fortunati, il tempo è magnifico ma, soprattutto, il mare è piatto come un olio: un magnifico specchio che rifletterà tramonti e albe straordinarie...». Queste parole venivano sottolineate da un applauso da stadio. Ma ecco che subito, all'uscita del porto, si sentiva come un'esplosione verso prua: era la prima onda che andava a sbattere contro il muso della nave. I commenti sommessi di ufficiali di coperta e marinai erano: «Porca puttana, si comincia già a ballare!». In questi casi l'ordine era tassativo e a chi domandava: «Come ha detto, scusi?» bisognava rispondere: «Cominciano i divertimenti, no?... Vedrà, si ballerà tutto il tempo!». Questa la prima grande truffa. Infatti, basta un poco di mare lungo, che può essere la conseguenza di un mare mosso anche a mille chilometri di distanza, che le navi, soprattutto quei nuovi mostri di quindici piani, oscillano per tutto il viaggio. Anche se in modo impercettibile. All'inizio i disgraziati a bordo non ci fanno caso, poi la situazione cambia... Già a cena il 15 per cento dei passeggeri che è riuscito a muoversi in quell'atroce labirinto non si presenta. Le mogli: «Non aveva fame...», «Ha preferito stare sdraiato nella sua cabina...».

A questo punto della cena, dunque, tutti stanno cambiando colore, e purtroppo, come aggravante, si sono ingozzati con quel maledetto pesce congelato. Ecco i colori dei passeggeri: all'inizio un po' pallidi, poi bianchi, poi verdognoli e qui la conversazione si azzera, nella sala da pranzo c'è un silenzio innaturale, rotto solo dal clangore che fanno i camerieri contro le vetrate e dalle urla spaventose dei filippini che volano in mare. Poi, quelli verdognoli cominciano anche a cambiare aspetto: peluria nera sui dorsi delle mani, unghie che sembrano artigli, capelli neri e arricciati come mufloni sardi e denti lunghi e gialli che escono dalle labbra. Il pessimista: «Non vorrei sembrare un po' pessimista, ma qui fra un po' vomiteremo tutti e poi quando la nave si capovolge, c'aspetta la morte più atroce: soffocati sott'acqua, cercando di respirare. I nostri cadaveri prima di affondare, galleggeranno gonfi e bluastri, con le facce all'ingiù...». Interviene il nostromo, con le braccia rigorosamente addossate al corpo: «Ma la smetta, cretino! Non vede che così spaventa tutti? I passeggeri stanno tutti bene! E non vomita nessuno, ma proprio nessuno!». La nave ha un pauroso rollio e mentre due camerieri filippini con i piatti di portata finiscono in mare portandosi dietro due coniugi belgi, e questa volta in un curioso silenzio, il nostromo alza le braccia per ripararsi, prima di sbattere la faccia con violenza contro una colonna. I passeggeri che avevano tutti ormai delle facce bluastre, per quell'ascellata maledetta cominciano a vomitarsi in faccia come fontane.

E qui la situazione diventa incontrollabile... Il medico di bordo in mutande distribuisce pillole contro il mal di mare, che sono poi dei potenti sonniferi. Negli ultimi tempi poi, le case farmaceutiche gestite da autentici banditi consigliano a chi dovesse soffrire vagamente di mal di mare l'applicazione di un grosso cerotto dietro alle orecchie. Il veterinario dice: «Vedrà, l'effetto di questi cerotti è straordinario...». Purtroppo è vero, perché quasi tutti i "cerottati" piombano in uno stato di depressione profonda, inappetenza totale, salivazione azzerata, calo assoluto della libido, sdoppiamento della vista e, nei casi peggiori, perdita della memoria e convulsioni. Questi poveracci passano giornate intere deambulando e domandano ad altri croceristi: «Mi scusi, mi dii una mano: chi siamo? Dove andiamo? E quando torniamo?». Molti restano abbarbicati ai parapetti, non parlano più, ma fissano sinistramente il mare. Se li saluti non si voltano, ma fanno un gesto disperato con la mano quasi a dire: "Mi scusi se non rispondo, però un giorno, se sopravvivo a questa avventura, le spiegherò tutto... in ogni caso dica alla mia famiglia che voglio essere cremato".

Alle 23, al ballo del buonumore c'è solo il comandante, è ancora in mutande, perde molto sangue da un taglio sulla fronte. Si appoggia al braccio del secondo ufficiale, si vede che fa fatica a stare in piedi: «Ecco, come da copione, tutti imboscati nelle loro cabine a vomitare l'anima» e poi, con disprezzo «Questi non hanno ancora capito come si vince il mal di mare: non mangiare, non chiudersi nelle cabine, passeggiare all'aperto, conversare amabilmente. Sì, vabbe', son tutti consigli sprecati, quello che conta è l'abitudine al mare cattivo, quello che conta è essere dei veri lupi di mare! Come modestamente sono... sono... sono... scusatemi molto...» e dalla gola gli esce prima una specie di raglio e poi uno spruzzo di vomito con un getto di quattro metri. È interminabile, con dei conati terribili, che sembrano latrati di un molosso napoletano morente, poi l'uomo si affloscia su una sedia. Il viso è tra il blu e il blu-notte. Al secondo ufficiale: «E pensi che ho evitato ovviamente di toccare il pesce fresco del Bosforo»; il secondo ufficiale: «Ma, comandante, mi sbaglio, o lei soffre leggerissimamente il mare?».

«Purtroppo, come una bestia. È il più fastidioso problema di tutta la mia vita, ma ti prego figliolo, non lo dire a nessuno, neppure sotto tortu...» e qui il secondo, con uno scatto straordinario, riesce a salvarsi da un altro getto violentissimo.

Nella traversata fino a Tunisi la nave si trasforma in una nave ospedale, o meglio una nave fantasma.

Il comandante ha fatto dire in giro che per irrinunciabili impegni non si sarebbe fatto più vedere. Molti passeggeri si presentano alla colazione del mattino, sembrano molto invecchiati, si muovono lentamente, non parlano, pochi sorridono. Il capocommissario ha fatto appendere ben in vista un cartello in quattro lingue sopra il buffet: "I signori passeggeri sono pregati di non vomitare sopra i tavoli dove sono sistemate le vivande". Solo il pessimista è in piena attività. Comincia già al mattino, fa il giro dei tavoli: «Approfitto per porgervi le mie più sentite condoglianze... Non vorrei sembrarvi vagamente pessimista, ma data la mia esperienza vi consiglio di contattare con un po' di anticipo il capocommissario, per predisporre o funerali singoli, o meglio dei funerali di gruppo; non voglio allarmarvi, ma da canali segreti che non posso rivelare so che siamo inseguiti da onde anomale gigantesche, causate dalla caduta di un meteorite di notevoli dimensioni. Vi ripeto quindi l'iter da seguire: confessioni rapide ed estreme unzioni». A quelle notizie, molti croceristi atei si riavvicinano a Dio. La prima a presentarsi nella piccola cappella della nave è la vecchia peccatrice. Il Cappuccino sta facendo un sortilegio mortale contro un passeggero greco, Azikis Papatakis: la moglie di costui infatti gli ha promesso, in caso di infarto o di ictus cerebrale del marito, un grosso compenso in valuta pregiata. Alle sue spalle entra decisa la vecchia. Gli tocca un braccio: «Signor prete, son qui per ultimare quella famosa confessione». Il Cappuccino riconosce la voce e cade in avanti con la faccia sul pavimento. Però respira.

Bisogna qui ricordare il seguito spiacevole della vicenda tra la passeggera greca e il Cappuccino. La donna ha avuto notizia, dopo un'ignobile spiata del miglior amico di famiglia, che Azikis, il marito, cercando di acchiappare al volo uno dei gabbiani che seguono abitualmente le navi, ha fatto un salto imprevedibile per un uomo della sua età ed è volato in mare proprio sopra le eliche. L'unico testimone, sempre il miglior amico di famiglia, che era fra l'altro da trent'anni l'amante della signora, dice di aver visto la scia bianca della nave tingersi "fortunatamente" di rosso. Il Cappuccino, tramite il suo ufficio legale, ha chiesto ugualmente il compenso, ma l'avvocato della passeggera greca ha fatto opposizione, con alcune motivazioni: 1. Il frate non aveva ancora finito il sortilegio; 2. Il Papatakis era stato fatto a pezzi dalle eliche e quindi era deceduto a causa di un evento meccanico e non per motivi di salute, e comunque prima che al frate fosse affidato l'incarico; 3. Il contratto non era scritto, ma solo verbale.

La quiete dopo la tempesta

Alle cinque del mattino dopo, dagli altoparlanti di bordo si sente prima un raglio terrificante del comandante e poi la voce del secondo ufficiale: «Il signor comandante è occupato in nuovi e irrinunciabili impegni. Si scusa molto con tutti» e mentre in sottofondo si sentono degli agghiaccianti latrati di uno che sta vomitando l'anima, il secondo continua «comunque siamo arrivati in vista del porto di Tunisi. Purtroppo le condizioni meteo ci sconsigliano di tentare un attracco che sarebbe oltremodo pericoloso. E quindi, nel vostro esclusivo interesse, ci fermeremo in rada solo per una mezz'ora, perché dobbiamo scaricare del materiale per il centro di raccolta che il signor comandante ha istituito nella città di Tunisi da molti anni. Grazie per la vostra comprensione e scusateci». I pochi passeggeri che hanno trovato la forza di salire in coperta vedono che grossi sacchi di juta vengono gettati su delle barche che si accostano alla nave.

Alcuni domandano: «Che cosa stanno scaricando?».

«Nulla, nulla!» risponde un ufficiale evasivo.

«Sì, vabbe', ma i sacchi... che cosa contengono?»

«Quali sacchi?...»

«Quelli che stanno buttando sulle barche!»

«Ah, quelli dice? Sono solo passeggeri che preferiscono abbandonare la crociera qui a Tunisi, per poi essere ospitati in un centro di raccolta.»

Compare il passeggero tedesco, vincitore del festival della bestemmia d'Istanbul, che viene spinto dalla moglie su una carrozzella. Quando sono vicini al giovane ufficiale che dirige le operazioni di scarico, lei domanda: «Senti, ficiale, il mio marito rotto femori, ma anche coglioni di questo fiaggio, chiede quindi di essere ospitato centro raccolta. Pozzibile?».

«Certo, signora, provvedo subito!» alza la voce. «Un grosso sacco di juta per un passeggero con carrozzella!», la moglie: «Ma anch'io folio scendere! Non pozzo laziare solo, lui!», il giovane ufficiale, sempre a voce alta: «Allora c'è una modifica: un grossissimo sacco da due, più una carrozzella!...».

«Krazie!» dice la donna. «Come zempre, foi taliani offrite un zervizio ezzellente! Vi zono crata anche per ozpitare carrozzella!»

L'ufficiale: «Signora, sinceramente, guardi che al centro potrete fare a meno della carrozzella...».

«Daffero? Ma qvesto è miravilioso! Ma a zentro raccolta necezzaria prenotazione?...»

«Non si preoccupi, signora, è un centro con delle regole molto speciali...»

"Doppiato" Capo Bon, dopo Biserta, il mare si placa. Sono tutti rasserenati dalle nuove condizioni meteo e già alla colazione di mezzogiorno si sentono finalmente allegri commenti: «Visto?... Andiamo incontro a un tempo magnifico!...», «Meno male, era ora! Ora sì che comincia finalmente la crociera felice che c'hanno promesso!...». Uno, prendendo in mano un calice di spumante pestilenziale, si alza: «Vogliamo brindare?...». Dal fondo compare il pessimista: «Vogliamo brindare a che cosa?... Lo sapete che queste condizioni per le quali voi volete festeggiare non sono altro che la quiete prima della tempesta?». Un'anziana passeggera molto ansiosa: «Cioè, che cosa vuol dire?».

«Cari signori, questo mare calmo non promette nulla di buono! Mi dispiace doverlo dire, ma fra due ore incontreremo un ciclone di quinto grado, molto raro da queste parti, ma che c'aspetta implacabile.» E poi, con tono solenne: «Signori, è meglio che ci salutiamo ora, non credo che arriveremo vivi a Maiorca. Se vi posso dare un consiglio affettuoso, chiamate le vostre famiglie per l'ultimo addio e dettate per telefono eventuali testamenti e ultime volontà. Comunque, vivissime condoglianze a tutti». ed esce dalla sala da pranzo. Rientra: «Consiglio a tutti la cremazione».

Durante la traversata fino alle Baleari, il comandante Bruno Schiaffino non si è mai visto in giro. I passeggeri domandano: «Ma il comandante che fine ha fatto?... Sta bene, vero?» e gli ufficiali: «Altro che bene, sta benissimo, solo che è stato travolto da una serie di impegni irrinunciabili. Signori, guardate che voi state sottovalutando la funzione del comandante di una nave! È impegnato ventiquattr'ore su ventiquattro».

Durante una passeggiata sul Ponte Sole, un passeggero, certo Torelli, vede che in plancia, dietro una vetrata, c'è un vecchio, barba bianca incolta, occhi arrossati, a torso nudo. Il Torelli si ferma, guarda meglio quel relitto umano e poi, rivolto alla moglie: «Ma, scusami, ma quello là non assomiglia al comandante?».

«Chi? Quello?... Ma che dici?... Non sembra neppure l'ombra del nostro comandante Schiaffino! Guarda, ti faccio vedere... Ora lo chiamo!» Fa degli ampi gesti verso la vetrata e poi chiama: «Comandante Schiaffino! È lei?...». Il relitto non risponde a voce, ma con la mano fa dei gesti, come a dire: "Aspetti un attimo, che chiamo qualcuno!". Sempre a gesti, chiama un ufficiale, che apre la vetrata: «Dica, signora, ha bisogno di qualcosa?».

«No, ma volevo solo sapere se quello è il nostro comandante!»

«Sì, signora, è lui! Il comandante Schiaffino non è stato molto bene in questi giorni... Comunque è lui! Non i suoi miseri resti, come alcuni perfidi passeggeri vanno dicendo in giro. Aspetti un attimo, che il comandante la vuole ringraziare per il suo interessamento.» Prende in mano un megafono e lo da al comandante: «Prego, può parlare». Schiaffino fa un gesto, come a dire: "Datemi un momento di tempo, per pietà...", fa due o tre respiri profondi e poi dal megafono esce prima un raglio impressionante e poi un getto di quasi cinque metri di vomito giallastro e, cadendo all'indietro, con megafono e tutto, scompare.

Il marito: «Hai visto che era lui? Avevo ragione, o no?... E poi ce l'ha confermato anche l'ufficiale!». La moglie: «Però non mi sembrava in ottime condizioni...».

Il giovane ufficiale fa un gesto con la mano, roteando il dito indice a mulinello: «Poi, spieghiamo tutto...» e chiude la vetrata.

La pesca dei cucchiai

È mezzogiorno, c'è un magnifico sole, siamo a metà strada tra Tunisi e Maiorca. L'animatore al microfono: «Signori e signore» e al suo fianco vede uno truccato in maniera oscena, tacchi a spillo, calze a rete e aggiunge «e signorine, ecco il momento più divertente di tutta la crociera, la pesca del cucchiaio d'argento nella piscina di prima classe. Avanti, un bell'applauso!». Silenzio agghiacciante e lui, come se la cosa non fosse successa: «Grazie comunque per il vostro entusiasmo! Qui chiusi in questo sacco di tela bianca ci sono la bellezza di trenta cucchiai d'argento! Ripeto trenta cucchiai d'argento! Via, voglio sentire un bell'applauso!». Silenzio tombale. E lui: «Ed eccoci a questo magico momento. Io butterò, aiutato dal nostromo, i trenta cucchiai nel fondo della piscina, che in certi punti arriva fino a tre metri. Il passeggero che per primo si offrirà spontaneamente per recuperare dal fondo il maggior numero di cucchiai vincerà una bella bambolina con i colori del nostro armatore». I cucchiai scendono tutti sul fondo. L'animatore dice: «Nostromo, dia il via!». Il nostromo alza le braccia: «Pronti?». Cadono in acqua tramortiti dall'odore di ascelle marce due tedeschi di Norimberga, che si vanno a depositare lentamente sul fondo. L'animatore: «Signore e signori, la nostra gara è cominciata, si sono buttati spontaneamente non uno, ma addirittura due croceristi, voglio sentire un bell'applauso!». Silenzio tombale. «Li vediamo immobili sul fondo... stanno certamente mettendo a punto una strategia particolare... sono sempre immobili... sono passati quattro minuti... i due concorrenti sono sempre sul fondo...» poi, abbassando la voce «Nostromo, che si fa?» e il nostromo: «Stappare e vuotare la piscina immediatamente!», e l'animatore: «Né vinti, né vincitori... Il match è alla pari!». I due vengono depositati sui bordi della piscina. Arriva correndo il medico, in mutande: «Scusate, mi ero appisolato». Li ausculta entrambi, poi si alza lentamente e con tono solenne: «Ma quanto sono rimasti sul fondo questi due disgraziati?». Intorno, un centinaio di passeggeri in silenzio. Il nostromo: «La verità?», dalle tribune: «E certo, cretino!», «Be', intorno ai nove minuti...» e l'animatore: «Dottore, sono gravi?», il veterinario: «Per il buon nome della compagnia, vi consiglio di buttarli in mare» e l'animatore: «Meglio se con i cucchiai d'argento, che poi, diciamo la verità: sono di argento finto!», ed ecco finalmente un applauso scrosciante di quasi due minuti. L'animatore, commosso, si china varie volte a ringraziare, poi entra nel salone, ma lo richiamano più volte. A ogni chiamata, lui esce a ringraziare e questa volta sembra veramente felice.

Fra i croceristi c'è anche una coppia di Barletta, sono condannati a vivere insieme da trentadue anni. Lui è un grosso imbecille e lei lo odia perdutamente.

A prua, l'animatore Tino Carli annuncia al microfono: «I signori passeggeri che volessero partecipare alla gara di tiro al piattello sono pregati di presentarsi alle ore 11 al Ponte Sole, settore C».

Ore 11, Ponte Sole: si presenta solo una coppia di Brescia, lui ha cinquantotto anni e la moglie lo segue sempre molto preoccupata. «Eccoci qui!» si presenta lui. L'animatore Tino Carli: «Bene, aspettiamo gli altri concorrenti, perché è una gara...». Passa mezz'ora, non si presenta nessuno. Il signore di Brescia è impaziente: «Mi scusi... mica posso aspettare qui tutta la mattinata... Se non viene nessuno, vado da solo». L'animatore: «Come vuole, signore, lei è pratico, no, di tiro al piattello?», la moglie di spalle fa dei gesti di diniego disperati. L'animatore, allora, ripete: «Siamo sicuri che lei è proprio pratico di tiro al piattello?»; la moglie alle spalle fa anche un gesto di preghiera a mani giunte e fa capire che è quasi disperata. L'animatore ripete: «Signore! Mi scusi se glielo chiedo ancora una volta, ma lei ha già praticato il tiro al piattello?». La moglie questa volta non ce la fa e mormora: «Mai, signore! Non ha mai preso in mano un fucile in vita sua»; il marito si volta: «E basta rompere i coglioni! Sempre lì, pronta a rovinarmi la vita! Cominciamo!». L'animatore fa un lungo sospiro. «Allora, le spiego, questo è un fucile Beretta da caccia a due canne. Questo aggeggio qui che vede è il lanciatore del piattello di terracotta. Io le carico il fucile, con due colpi, lei dice "piatto!", io schiaccio il bottone che fa scattare la molla e il piatto vola in mare. A questo punto lei ha due colpi per centrarlo, ha capito?» La moglie alle spalle fa un gesto disperato, come per dire: "No, guardi: non ha capito un cazzo!".

«Pronti?» domanda l'animatore. Il passeggero: «Piatto!». Il piatto vola, ma lui rimane immobile. L'animatore: «Ma... non ha sparato neppure un colpo!». La moglie di spalle: «È un po' confuso perché è un buon giocatore di poker». L'animatore ridacchia in maniera agghiacciante. «Allora lo ripeto: lei dice: "piatto", io schiaccio il pulsante e lei ha due colpi per colpire il piatto al volo... Infatti questo sport si chiama "tiro al volo", quindi lei...» non finisce, perché quello urla: «Piatto!»... «Spari, spari!» fa l'animatore. Il piatto vola in mare indenne e il passeggero fa un'ampia rotazione. Nel ponte di sopra il nostromo e due uomini dell'equipaggio si buttano ventre a terra. Lui spara due colpi e in lontananza, verso poppa, si vede un passeggero cadere lentamente in mare. L'animatore, biecamente, urla: «Mancato!».

Poche ore dopo nel salone di seconda classe, a poppa, l'anziana signora di Barletta balla su un tavolo. Ha una bottiglia di spumante in mano, sembra ubriaca: «Oggi offro io! Perché voglio festeggiare! Oggi è il mio giorno fortunato, ma non posso dire perché...».

Appoggiato al bancone del bar, c'è un tipo di circa cinquantadue anni, sembra molto depresso. Arriva un allegrone di Ferrara, con una coppa di champagne in mano: «Buona crociera a tutti! Sono qui per divertirmi, voglio vedere solo facce allegre!» e fa una pausa.

«Ma scusi signore» si rivolge al depresso «lei non brinda? Che cosa fa nella vita?»

«Nulla. Faccio il depresso. Me l'hanno scritto anche sul passaporto.»

«Andiamo, su con la vita, di dove è lei?»

«Di Lagonegro, in Calabria.»

«Deve essere un posto magnifico...»

L'uomo lo guarda e dopo una pausa: «Ma prende per il culo?... C'è la più alta percentuale di suicidi d'Europa, pensi che una volta s'è suicidato anche un cavallo» poi abbassa gli occhi. «I miei concittadini sono quasi tutti semianalfabeti, senza un briciolo di creatività e di fantasia, ma nei suicidi sono straordinari. S'infilano nottetempo nei forni delle poche pizzerie ancora aperte, una di queste è la "Bella Napoli", e si occultano tra i ciocchi di legna. Al mattino il pizzaiolo assonnato accende il fuoco e dei disgraziati non se ne sa più nulla. La cosa curiosa è che le vedove non riescono a nascondere una grande euforia. Altri usano una tecnica più raffinata: prima tracannano a tromba una bottiglia intera di quell'atroce vino che fanno i nostri viticoltori, poi al tramonto s'avvicinano furtivamente nell'unico frantoio di olio del nostro paese, si fanno scivolare lentamente nella macina e anche di loro si perdono le tracce... Però le devo confessare che le annate con più di un suicida vanno a ruba, perché l'olio ha un sapore... lì lo chiamano "fruttato", io sinceramente devo riconoscere che è molto diverso».

L'allegrone: «Scusi se la interrompo, mi conceda solo un attimo, devo fare una cosa».

Esce sul Ponte Sole e si butta in mare nella notte.

Un topo di settantun anni va dal Cappuccino: «Signorina, oh, mi scusi, ho sbagliato, signor prete, mi dicono che lei ha poteri straordinari, mi può dare una mano per danneggiare una persona?».

Il Cappuccino: «Naturalmente a pagamento, lei capisce... Io per fare del bene ho un prezzo modesto, ma per fare del male... la tariffa cambia» e il topo: «Ma di quanto, per avere un'idea?». Il Cappuccino tira fuori di tasca un cartoncino: «Guardi, qui c'ho le tariffe: per perdite al gioco, duemila. Per malattie gravi, invece, dodicimila. Per morti violente, sessantamila...».

Prontissimo, il topo si avventa: «Sessantamila, signorina!».

«Vedo che questa persona proprio le fa schifo!»

«Lo odio! È il mio migliore amico e fingo da anni di volergli bene... Faccio un assegno?» Il Cappuccino: «No, mi dispiace, contanti!».

Più tardi, al bar, il Cappuccino è in attesa: arriva il topo con una busta: «Vuol controllare, o si fida?».

«No, no, controllo.»

«Quando comincia il rito?»

«Quando vuole lei.»

«Subito, per favore! Per curiosità, in questi rituali usa il latino, o si avvale dell'esperienza da esorcista?»

«Ma che cazzo dice? Io non credo in Dio! Credo solo nella magia nera... E adesso avanti: chi è il suo... diciamo, il suo "miglior amico"?»

«È quello lì che passeggia.»

Il Cappuccino tira fuori una zampa di coniglio e attacca: «Au ui uella, au ui kalìa, che lo colga una grave malattia!».

Il topo: «No, no, per favore! Con quello che ho speso me lo faccia crepare subito!».

«Me lo poteva dire prima, no?»

Lontano, all'altro capo del bancone del bar, c'è il cartesiano puro che, rivolto all'aiuto barman, commenta: «Ma vi rendete conto che stronzi? C'è gente che vive ancora in pieno Medioevo!». In quel momento il Cappuccino tira fuori un cornettone napoletano di plastica rosso: «Au ui uella, bu lugato, che muoia subito annegato!».

Il miglior amico del topo passeggia su e giù e sembra felice. Si ferma, respira profondamente l'aria salmastra, poi apre le braccia: «Che meraviglia! Devo dire che oggi sono veramente felice!». Passa un bambino turco di sei anni, ruba un'oliva al bar e sputa il nocciolo per terra. Il miglior amico, con gli occhi semichiusi dalla felicità, fa un passo avanti: piede destro sul nocciolo, va su a forbice per cinque metri e in un silenzio suggestivo vola in mare. Pare, ma è solo un pettegolezzo dei marinai addetti alle gomene che dormicchiano a poppa, che dietro il turbinio delle eliche il mare abbia cambiato colore.

Il topo cattivo si allontana in silenzio e il Cappuccino lo insegue con la voce: «Può almeno ringraziare, no? Mi dovrebbe pagare anche un supplemento: l'ho fatto anche maciullare dalle eliche, mentre gli accordi erano solo "annegato"!».

Il giovane aiuto barman è pietrificato dallo spettacolo. Dalla gola gli esce quasi un flebile rutto: «Ma avete visto che roba?...». Interviene il pessimista: «Ma che cazzo pensi, scemo! È stato fortunato!».

Il Cappuccino: «Fortunato?... Ma se l'ho fatto anche fare a pezzi dalle eliche!» e il pessimista: «Sì, d'accordo, adesso così su due piedi non mi viene in mente niente, ma gli poteva andare anche molto peggio...». Il fatalista che era seduto lì vicino: «È inutile che faccia sforzi, caro signore, era già tutto scritto nel gran libro del destino da milioni di anni e lei non può certo modificare il corso degli eventi... Quel che è stato, è stato...». Da dietro il bancone del bar emerge lentamente in maniera sorprendente Gista l'ottimista: «Signori! Posso dire la mia? Vedrete che andrà tutto bene e quel signore si salverà...» e il pessimista: «Sì... I pezzi del suo corpo magicamente si ricomporranno e lui raggiungerà a nuoto la costa francese, che purtroppo è a diciotto miglia e c'è un Mistral di circa quaranta nodi» e Gista: «Sì, appunto per questo io sono ottimista: anche se il mare non è del tutto calmo, quel signore raggiungerà facilmente a nuoto la città di Marsiglia. Parla sicuramente molto bene il francese e anche il dialetto marsigliese, e troverà facilmente un lavoro sulla *Cannebierre* come giovane prostituta...». Il pessimista: «Certo che lei la vede rosea, guardi che quello era un povero vecchio!».

Gista: «Dimentica che quel signore ha sicuramente un grande spirito di adattamento!».

Al bar sono tutti scioccati e in silenzio per lo spettacolo. A sorpresa da dietro il banco emerge anche Gino Gini, il famoso colmista: «Approfitto di questo momento per domandarvi: qual è il colmo per un falegname?». Il vecchio barman gli sputa in faccia in silenzio. E quello si allontana mogio: «Scusate, volevo solo rallegrare l'ambiente...».

Gita a Maiorca

L'arrivo al porto di Maiorca ha assunto subito l'aspetto di una festa. L'orchestra di prima classe sul Ponte Sole attacca *Arriba España!*. Stelle filanti, coriandoli, gridolini di gioia. Mancano molti passeggeri e il comandante. E tutti a chiedere: «Il comandante dov'è?» e gli ufficiali: «Signori, quante volte ve lo dobbiamo ripetere, il comandante deve fare il comandante, non può partecipare ai festeggiamenti, con tutti gli impegni che ha...». Molti chiedono: «Ma tutti gli altri passeggeri dove sono finiti?...».

«Signori, voi non avete grandi esperienze di crociere, ma succede sempre così: il 50 per cento dei passeggeri, soprattutto quelli anziani, abbandona la nave.» Altri croceristi: «Ma quando sono scesi e dove?».

«Quasi tutti a Tunisi, dove saranno ospitati al nostro centro di raccolta...»

«Ma ho notato che mancano anche molti camerieri filippini...» e il secondo ufficiale: «Sì, ma quelli nel nostro centro di raccolta non li vogliono ed è consuetudine dell'armatore di vararli a parte».

I passeggeri rimasti partono subito in pullman

per la prima tappa nell'affascinante isola di Maiorca, capitale delle Baleari: le famose grotte del Drach. Strade strette e piene di curve, autisti indiavolati. I passeggeri che erano usciti quasi vivi per il mare mosso verso Tunisi riprendono a vomitarsi addosso ferocemente. Dopo tre ore, si entra finalmente a piedi nelle grotte che sono illuminate in maniera suggestiva. C'è un lago sotterraneo. Ad aspettarli, delle barche a fondo piatto. Su una, un'orchestrina di violini. Le barche ora si muovono lentamente a remi. I colori delle pareti e il commovente suono dei violini rendono quel momento veramente magico. I croceristi sono tutti in uno stato di semitrance, quasi ipnotizzati dall'emozione. C'è anche un grande silenzio in quelle grotte, poi si sente solo un leggero tonfo nell'acqua. Nessuno ci fa caso, ma si è rovesciata una delle barche con trentadue passeggeri a bordo: scompaiono tutti in quei fondali senza un lamento, compresi i rematori.

Le barche restanti scivolano ora verso una grotta enorme, dal soffitto della quale pendono migliaia di stalattiti straordinarie: alcune sono molto grandi, altre formano con le stalagmiti sottostanti delle colonne con delle trasparenze straordinarie. Da una barca, un grido quasi imperioso: «Fermi tutti, per favore!». È il professor Vignardelli Bava, in gioventù famoso speleologo e ora grande geologo e direttore delle grotte di Castellana in Puglia. «Signori, scusate la mia commozione» e la voce del professore si riverbera in un'eco solenne in quella specie di cattedrale gotica «siamo di fronte a uno spettacolo unico e straordinario!» Il Vignardelli scende dalla barca, è emozionatissimo, salivazione azzerata, affonda in acqua quasi fino alle ginocchia, esce e comincia a corricchiare nella foresta di colonne di pietra fino al centro della caverna. Si va a piazzare sotto la stalattite più grande e, ansante e commosso, urla: «Signori, è arrivato finalmente il momento tanto atteso: oggi, alle ore...» e qui scopre il polso attorno al quale c'è un Rolex d'oro di almeno tre chili «...undici e ventuno, sono arrivato al punto magico della mia vita!». Guarda in alto. «Oh, meraviglia delle meraviglie della natura, pensare che da ventimila anni tu pendi di lassù e mai cadrai!» Un rombo terrificante. Da ventimila anni, la più grande stalattite della caverna attendeva al varco il professor Vignardelli Bava. Sembra un terremoto e il frastuono si riverbera in tutte le grotte, poi un grande silenzio. Solo la voce del pessimista: «Lo sapevo!». Gli altri croceristi sono ammutoliti, atterriti dallo spettacolo, passano due minuti orrendi, poi uno chiede all'ufficiale accompagnatore: «Mi scusi, che ne facciamo?», l'ufficiale, quasi infastidito: «Che ne facciamo di cosa?».

«Del professor Vignardelli.»

«Non sono cose che la riguardano! Per ora lo lasciamo qui, eventualmente passeremo a recuperarlo nella crociera del prossimo anno e sarà nostra cura portare a Tunisi i miseri resti al nostro centro di raccolta.»

Il pessimista: «Ufficiale, mi permetta di suggerire un'altra soluzione: se riusciamo a recuperare in parte la polpetta di carne umana, potremmo sorteggiare tra i presenti l'orologio d'oro che molti di voi hanno certamente adocchiato e rivendere il professore in saldo a un McDonald's, o a una macelleria specializzata in carne umana...». Il pessimista è guardato con disprezzo dall'ufficiale accompagnatore che, rapido, torna sul luogo dell'incidente, fruga nella polpetta, si mette furtivamente il Rolex nel taschino della giacca, torna sulla barca e dice al pessimista, fissandolo negli occhi: «Lei mi fa veramente schifo!» e il pessimista, prontissimo: «Però, se io le chiedo l'ora, che mi risponde? Che mi risponde? Che mi risponde?». L'ufficiale: «Se lei continua con questo meschino ritornello la faccio mandare al nostro centro di raccolta di Tunisi!» e il pessimista: «D'accordo! Però la parola "Rolex" le dice qualcosa?». L'ufficiale finge di non sentire e aggiunge: «E ora torniamo a uno dei motivi principali della nostra crociera: alla Corrida!». Il pessimista: «A che ora è la Corrida?».

«*A las cinco de la tarde*: alle cinque della sera!» e il pessimista, implacabile: «Quanto manca?».

«Non lo so, signore!»

«Mi dii una controllatina al suo nuovo orologio!»

«Perché?» sibila l'ufficiale.

«Perché il tempo è... d'oro!»

L'ufficiale perde il controllo del proprio corpo e nel silenzio straordinario della grotta parte a testa bassa dopo una rincorsa di dodici metri. Non riesce a centrarlo, perché quello ha fatto con una giacca a vento rossa una veronica straordinaria e l'ufficiale si schianta contro una stalagmite. Il cranio va in mille pezzi. Il sordo rumore di ossa fracassate dentro la grande grotta è incredibile, ma la cosa che i passeggeri restanti applaudono è lo spettacolo dei resti di cervello che si sparpagliano per un raggio di trenta metri.

Un passeggero turco velocissimo si butta sul cadavere, estrae il Rolex dal taschino e se lo allaccia al braccio destro. Tutti vedono che ha le braccia piene di orologi. Dice: «Scusatemi, lo faccio solo per controllare l'ora... Comunque, tranquilli! Assumo io il comando delle operazioni! Vi fidate?». Quasi tutti i presenti con un coro urlano: «Noooooo!».

«Perché no?» domanda il turco con un fil di voce.

Il pessimista: «Perché sei turco e quindi fumi come un turco, bestemmi come un turco...» e il turco: «Ma che dice? Non ho mai fumato in vita mia e sono religiosissimo!».

«Sì, però lei è un ladro.»

«Perché lo dice?»

«Perché è evidente che quella sfilza di orologi che porta alle braccia è frutto di una sfilza di furti fatti in una sfilza di occasioni.» Il turco fa una pausa di quasi un minuto, poi, con tono solenne: «Lo riconosco, sono un ladro matricolato, ma non rubo per lucro: questi orologi non li rivendo, sono un collezionista turco di orologi da polso, una malattia rara, che merita pietà. Li porto sempre indosso, adesso ne ho trentotto! E rappresentano un grave problema, perché devo controllare le ore di tutti ogni mezz'ora e pensate che avevo cominciato con un semplice controllo al mattino. Ora sono condannato a passare le ore più belle, le più dolci, le più allegre, quelle alle quali nessuno dovrebbe rinunciare, quelle foriere...». Dal gruppo di passeggeri si alza una voce minacciosa: «Stringa, per favore e dichi subito dove passa il cinquanta per cento della sua vita!».

«Cinquanta per cento? Magari! Io passo il novantacinque per cento del mio tempo libero in casa di un odioso orologiaio svizzero di Ginevra. Vivevo felice a Istanbul, la mia magica città, a cavallo tra l'Europa e l'Asia.» Dal fondo: «Non dica cose ovvie, per favore!».

«D'accordo, avete ragione, e io sono dovuto emigrare in una città triste come è la capitale della Svizzera romanda.» Una voce dal fondo: «Ma almeno gli orologi che ha rubato sono un capitale!». Il turco resta in silenzio due minuti, poi fa un errore marchiano e compiaciuto per quello che sta per dire: «Sì, amici, lo riconosco, sono un ladro, ma ricco, ladro, ma felice, perché questi orologi con i quali convivo hanno ora un valore a occhio...» dal fondo...«e croce?».

«No.»

«A naso?»

«No.»

«A orecchio?»

«Va bene! Vadi pure per orecchio! Ma lo dico con orgoglio: hanno un valore...»

Voci dal fondo: «Di almeno?...». Il turco ha un sorriso mistico: «Almeno non lo posso dire».

«Dichi almeno, all'incirca...»

«Va bene, però rischio grosso, ve lo dico esattamente: valgono tre miliardi e seicento milioni di lire turche, che convertite in euri sono...» Non lo lasciano finire, gli si avventano tutti contro come iene del Serengheti, tradendo un'avidità ripugnante. Gli strapparono la giacca e la camicia e quando rimane a torso nudo sentono che il disgraziato puzza come un topo morto vomitato da un gatto. Nel gruppo si materializzano miracolosamente delle grosse forbici da sarto. All'inizio tentano di tranciare i cinturini, ma poi nella foga gli amputano le braccia. Lo lasciano con la faccia all'ingiù nella ghiaia giallastra della grotta, lui urla dal dolore in maniera impressionante, si capisce che sta morendo dissanguato. Le iene si avventano sulle barche brandendo le braccia con gli orologi attaccati.

Ne nasce una rissa vergognosa: un gomitolo di corpi urlante, sono tutti sporchi di sangue. Uno dei passeggeri sussurra: «Che vergogna, mi faccio schifo e vorrei...» non finisce la frase, perché lo massacrano a pietrate.

Alle cinque meno un quarto i passeggeri residui entrano trionfalmente nella Plaza de Toros di Maiorca. Molti hanno le braccia piene di orologi e macchiate di sangue e vengono guardati con sospetto. Una signora di Pavia, Benedetta Onesti, di ottantadue anni, è fermata dai Carabineros perché stringe nella mano destra un braccio umano, però senza orologi. Durante l'interrogatorio cade in alcune imbarazzanti contraddizioni. La rilasciano solo quando confessa che è il braccio di un turco. I Carabineros nel verbale riconoscono che: "... trattandosi però di un turco, l'amputazione di un braccio, fatta anche per volgari motivi come il furto di orologi forse incorporati, non costituisce reato. E poi trattasi di braccio sinistro, che ha una valutazione minore sul mercato".

Questa non è una corrida per turisti, cioè quelle trappole vergognose che aspettano tutte le crociere a basso costo.

È un'occasione veramente speciale: "l'Opportunidad", cioè l'occasione straordinaria e unica che si offre a dei disgraziati esordienti di incontrare nel *ruedo* dei tori da battaglia.

È una giornata senza una nube, con un sole che è un gigantesco scudo di rame. I nostri croceristi, quasi tutti mal consigliati, infilati in pesanti maglioni di lana con delle botticelle di cuoio piene di aguardiente per difendersi da eventuali temperature polari, sono sistemati a prezzi vergognosi nella zona Sol.

(*Per coloro che non sono mai stati in Spagna a vedere una corrida, siamo costretti a segnalare che l'arena è divisa in tre settori: Sol, a prezzi popolari, in pieno sole, un autentico forno crematorio: tempi di cottura di questi spettatori poveri a torso nudo nei pomeriggi senza nubi dai trentotto ai settanta minuti.*

Sol y sombra: dove il sole dopo le sei del pomeriggio risparmia un pubblico in camicia, ma il prezzo è esattamente il triplo dei popolari.

Sombra: dove il sole non batte mai, i prezzi qui sono altissimi e ci sono solo ricchi presenzialisti in giacca e cravatta).

Molti hanno sciarpe clamorose, guanti di lana, e due disgraziati, che moriranno durante lo spettacolo, colbacchi di lupo siberiano.

Il presidente della corrida tira fuori il suo fazzoletto bianco: è il segnale che si comincia. E qui attacca il conoscitore di VIP: «So tutto sulle corride, io e Hemingway ai bei tempi non ce ne siamo persi una, sono stato amico personale di Manolete, di Gitanillo de Triana, di Dominguín. Io e il povero Ernest siamo stati insieme per la *feria de San Fermìn* a Pamplona e l'*encierro* dei tori l'abbiamo sempre rischiato per le strade».

Squillano le trombe dell'orchestra, entra un cavallo bianco con in groppa un signore con un vestito cinquecentesco di velluto nero, come ai tempi di Carlo V. È molto antipatico, il cavallo, non il cavaliere. Vengono sotto la tribuna del presidente. Il cavaliere si toglie il cappello piumato e il presidente gli tira la chiave del *toril*, cioè del recinto dove sono chiusi i tori. Squillo di trombe ed è a questo punto che scompare uno dei colbacchi di lupo. Entra in scena il primo dei toreri esordienti. Nel programma si dice: "Il primo a combattere è Epifanio, panettiere di Minorca, ha trentadue anni ed è alla sua prima corrida". Il panettiere ha un aderentissimo abito con colori vivaci: giallo, rosso e fregi dorati. Sotto il braccio destro, una pesante cappa da torero. Va verso la tribuna del presidente e con movimenti lenti e quasi rituali si toglie la *montera* e compare un ciuffo di capelli neri impressionante, poi lentissimo va a poggiare la cappa nel settore dove è seduta una donna di ottantasei chili, una panettiera di trentadue anni: la moglie. Le tira il cappello con violenza e abbatte un panettiere di settantacinque anni, suo zio Enrique, che era seduto nel sedile accanto.

Il disgraziato va giù come folgorato e sputa sotto i sedili quattro incisivi, tre superiori e uno inferiore, mescolati a una schiuma di sangue. Epifanio allora fa il segno agli addetti di aprire le porte di legno. Compare un cartello: "Muriño, Miura, 515 kg".

Compare il toro, è nero, sembra spaesato per la troppa luce, dopo il buio del *toril*. Poi intravede Epifanio e gli si avventa contro con una violenza terrificante. Epifanio lo aspetta al centro dell'arena, con una cappa color vermiglio nelle mani, sa che quello è il suo grande momento, la moglie panettiera gli urla: «Coraggio!». Muriño gli passa vicino con i suoi 515 chili, Epifanio non retrocede di un millimetro, ma il corno sinistro del toro gli aggancia un fregio dei pantaloni del costume d'affitto, sfilandoglieli. Una risata oscena in tutta l'arena, il toro continua la corsa e poi quasi infastidito scuote la testa per liberarsi dei pantaloni del panettiere. Si volta, tutte le tribune sono una bolgia di risate, anche il toro sembra disorientato e quasi perplesso, perché vede al centro dell'arena Epifanio in mutande, poi, quasi rassegnato, riparte come un treno. Il panettiere lo aspetta con grande dignità: ha degli organi genitali curiosissimi: si intravedono sotto le mutande, che hanno una miserabile chiazza gialla, un pene cortissimo e due testicoli enormi, superiori anche a quelli del toro. Muriño gli passa vicino e lo urta violentemente. Epifanio traballa e gli cade la parrucca: è pelato come un ginocchio e l'arena è tutta una bolgia di risate e qui scompare anche il secondo colbacco.

Il toro si gira, questa volta è veramente confuso, non riconosce in quel panettiere in mutande e completamente pelato un suo possibile antagonista, non sa chi caricare, allora si va a piazzare vicino alle porte del *toril* in attesa di eventi. Il pubblico spagnolo non sopporta quell'atteggiamento poco combattivo in un toro Miura e comincia a urlare: «*Cobarde! Cobarde!*», cioè "vigliacco". Quelle grida non offendono il toro, che si siede tranquillamente sulla sabbia. Altra bolgia di risate, allora il presidente tira fuori il fazzoletto bianco: è il segnale speciale che fa entrare quattro giumente con due buoi con campanaccio al collo, che si avvicinano al toro. Muriño si alza e docilmente segue il gruppo verso le stalle.

Il toro sta per uscire, quando il conoscitore di VIP urla al toro: «*Cobarde!*». Il toro si blocca, si volta lentamente verso l'espertissimo di corride, lo fissa con una strana intensità, il conoscitore di VIP sbianca e fa un gesto come per dire "guardi che io non mi permetterei mai..." ma un certo Schiavòn, un tabaccaio nano di Vicenza, nascosto dietro al conoscitore di VIP, urla: «*Cobarde! Cobarde* e per di più stronzo!». Il toro fa un segno con la testa come per dire: "Ci vediamo dopo, amico mio..." ed esce lentamente col gruppo.

Il cimurro

La nave il giorno dopo salpa improvvisamente dal porto di Maiorca. Il comandante domanda all'interfono: «Nostromo, quanti ne abbiamo lasciati a terra?».

«Sedici, comandante.»

«Solo? La prossima volta state più attenti...»

Siamo sul Ponte Sole, il barzellettiere: «La maestra a Pierino: "Come si chiamano gli abitanti di..."». A dodici metri il nostromo dà istruzioni a due marinai che stanno lavando il ponte. Alza le braccia e si mette le mani nei capelli: «Ma è mai possibile? Sembrate addormentati! Andiamo! Sveglia!». Sdraiato su una sedia in legno pieghevole c'è il pessimista che balza in piedi: «Signori, attenzione! Bisogna dare l'allarme e avvisare il medico di bordo, siamo tutti in pericolo! Il rischio è una grave pestilenza! Sepolto qui sotto c'è sicuramente il cadavere putrefatto di un cavallo da tiro ungherese!».

Alcuni passeggeri si allontanano per mettersi in salvo. Il barzellettiere implacabile rallenta il ritmo, riprende a fatica: «Come si chiamano gli abitan...». Non riesce a finire e mormora flebilmente: «Ma porca puttana, ma che cazzo succe...» e rotola sotto la sdraio del pessimista. Il nostromo dà l'allarme, arriva trafelato il medico di bordo, ha solo il camice bianco e lo stetoscopio, sotto è completamente nudo: «Scusate, stavo facendo un pisolino...», si china sul barzellettiere, lo ausculta. Due passeggeri: «Dottore, ci dia una buona notizia: è morto, no?», il medico si toglie lo stetoscopio: «Signori, per favore, non posso sentire perché sto ascu... au... autul... aucsul...». Il barista interviene dal fondo: «Auscultando, coglione!». Il medico si alza in piedi: «Signori, questo passeggero purtroppo è ancora vivo, però vi devo fare ugualmente alcune domande di rito: prima di rotolare sotto la sdraio, ha mosso la coda in maniera non abituale? Ha abbaiato?», il barman, sempre dietro il banco: «Ma guarda che non è un cane! Imbecille!», il medico sembra molto confuso: «Noo? Ma allora... di che razza è? E che cosa potrebbe avere?». Uno dei passeggeri presenti: «Il cimurro!».

«Esatto! Signor passeggero, lei ha indovinato! Ma, mi scusi, come le è venuto in mente?» Il passeggero: «Mio zio è morto di questa malattia, perché un medico di base aveva diagnosticato il morbo di Dupuytren, volgarmente detto "mal della mano secca". Un secondo passeggero: «Ma se ha il cimurro, è spacciato, vero?» e il medico: «Speriamo di sì» e si allontana mormorando: «Ma dimmi tu... mi hanno svegliato per questa stronzata!». I due marinai che lavavano il ponte: «Nostromo, che ne facciamo del quasi cadavere?».

«Ma che domande! In mare, subito!»

«Ma non è ancora...»

«E a voi che ve ne frega?»

I passeggeri, il barman e anche il comandante, comparso in plancia all'improvviso, applaudono commossi, mentre su una tavola fanno scivolare il non ancora cadavere tra le onde. Da un oblò alle loro spalle compare la testa del medico: «Guardate che non è sicuro, eh, che fosse morto... Anzi, era sicuramente un semplice svenimento!». Il nostromo: «Dottore, ormai l'abbiamo varato definitivamente!», il medico: «Pazienza, ma per favore non lo dite in giro, che ci facciamo una figura di merda!» e chiude lo sportello dell'oblò.

Il venditore di tappeti

È una bella giornata di sole, la nave avanza lentamente verso Cannes. Il conoscitore di VIP si scontra con un animale della stessa specie. Un gruppetto li ascolta ammirato: «Guardi che io Greggio e Iacchetti li conosco perfettamente! E loro mi adorano!».

L'altro animale: «E io conosco Antonio Ricci come le mie tasche!».

«Sì, ma non come conosco io Fiorello! Vede, Rosario e suo fratello Beppe posso dire che sono i miei migliori amici!», e l'altro: «E io conoscevo Corrado, Alberto Lupo, Gino Bramieri, Don Lurio, Paolo Panelli e Bice Valori!». Il conoscitore di VIP sembra tramortito da quella lista, respira a fatica, poi ringhia: «A parte che sono mortissimi tutti, quindi non vale, io sono amicissimo di... di... aspetti un attimo, ci sono! Giorgio Mastrota!».

«Giorgio? Lo conosco anch'io, è un mio quasi fratello!» Alle loro spalle c'è Giorgio Mastrota in persona, salito a bordo a Istanbul per una vendita promozionale di tappeti: «Se mi permettete, signori, mi presento: sono Giorgio Mastrota, ora vendo tappeti nelle televendite... Io non vi ho mai visti sinceramente, ma sono lieto di fare la vostra conoscenza!» e porge la mano. I due non danno la mano. Il conoscitore di VIP si allontana muto, senza commentare l'episodio. L'altro animale, poveraccio, non è corazzato come il nostromo per figure tragiche come quella, e così si è tolto le scarpe, ha buttato l'orologio da polso per terra, si è tolto la giacca, l'ha messa diligentemente su una sedia, è salito in piedi sulla ringhiera del ponte della nave e ha detto: «Non fate sapere a mia madre quello che è successo» e si è lanciato in mare a volo d'angelo. Tutti stavano sghignazzando, ma quando il disgraziato è scomparso sott'acqua, è calato sul gruppo un silenzio di vetro.

Verso il ritorno

È sera, siamo in navigazione nel golfo del Leone. La nave sta tornando a Genova. Il mare è calmissimo. Il conoscitore di VIP è al bar: «È incredibile l'emozione che mi provoca ogni volta una corrida, sento gli odori e le voci di tanti vecchi amici, Manolete e quanto beveva Hemingway e come era simpatico Gitanillo de Triana, e antipatico Dominguín. E quanto era bella Lucia e la loro magnifica casa a Somosagua, dove sono stato ospite con Pablo Picasso per mesate intere... Pablo poi mi adorava!». Il barman, che si sta addormentando dalla noia: «Senta, per questa sera basta così, mi deve scusare, ma devo chiudere».

Il conoscitore di VIP si sta avvicinando alla sua miserabile cabina di terza classe: un cubo rumorosissimo vicino alle eliche. Quando è a sei metri sente un odore forte, poi sempre più forte. «Maledizione! Mi è entrato in cabina il nostromo, che vuole sentirmi raccontare delle mie avventure con Brigitte Bardot, Maria Callas poverina, che mi adorava…» Bussa alla porta. «Nostromo? Eccomi pronto a raccontare!... Apre lei, o devo sfondare la porta? Vabbe', apro con la chiave.» Apre: «Perché sta al buio?», accende la luce. Sdraiato sul suo letto c'è Muriño, il toro Miura di Maiorca che lo guarda con uno strano sorriso. Lui fa un balzo all'indietro, è ammutolito dalla sorpresa, corre come un pazzo verso il ponte di comando ed entra in plancia. C'è il comandante in canottiera seduto vicino al timoniere, lui urla: «C'ho un toro da combattimento in stanza!». Mezz'ora dopo nella stanza del comandante Bruno Schiaffino ci sono anche il medico di bordo in mutande e il Cappuccino. Parla il comandante: «Innanzitutto mi perdoni una domanda fondamentale: lei beve?». Il vippista ha una ciabatta turca al posto della lingua. «No, sono astemio». Il comandante: «Questa sera ha mangiato per caso del pesce del golfo di Maiorca? Cerchi di capire bene questa domanda...».

«No, e cerchi di capire la risposta: odio quel tipo di pesce, perché mi provoca delle allucinazioni.» Interviene il Cappuccino: «Allora lei ci dice che questa sera non ha mangiato il pesce speciale che era nel menu con il nome di: "pesce fresco del giorno del golfo di Maiorca". Ci continua a ripetere, poi, che è completamente astemio e che non usa oppio, pejote, hashish, LSD, ecstasy e tutte quelle sostanze che possono alterare la percezione della realtà...». Interviene il comandante: «Comunque non abbia timore, nulla di quello che lei confesserà uscirà da qui...» e prendendolo da parte gli sussurra in un orecchio: «Mi facci una grossa cortesia: se ha da farmi fare un tiro di cocaina, le sarei molto grato, perché sono molto giù...». Si avvicina anche il Cappuccino, che bisbiglia: «Giovanotto, le confesso che anch'io come tutti i sacerdoti sono un furioso cocainomane. Abbi pietà di me e io la ricorderò nelle mie preghiere...». Entra nella stanza il secondo ufficiale con un asciugamano di spugna attorno ai fianchi: «Scusate, posso partecipare alla festicciola?... Ho una voglia di fare un tiro terrificante...», il comandante lo fulmina con uno sguardo: «Ma che cazzo sta dicendo, è ubriaco fradicio?», il secondo ufficiale: «Signor comandante, stavo scherzando... Abbiate pietà di me». Interviene il medico: «Senta signore conoscitore di VIP, non vorrei che lei si fosse fatto un'immagine distorta delle nostre abitudini, ma mi permetto di darle un consiglio: prenda una grossa pastiglia di Cavaldormir e vedrà che non avrà più incubi...».

«Sì, ma dove la trovo 'sta pastiglia?»

«Venghi, mi segui fino in infermeria, gliela fornisco io!»

Stanno camminando in un lungo corridoio e il veterinario si ferma: «Signore, mi scusi, le giuro che non lo dirò mai a nessuno: ha un un po' di cocaina per la notte?...», il vippista: «Scusi, non capisco la domanda...» e il veterinario, quasi addolorato: «Vabbe', come non detto... Venghi, che le do il pastiglione».

Il dottore torna sul ponte di comando. Il comandante lo prende da parte e con grande prudenza chiede:

«Senta dottore, a proposito di quei sospetti che avevamo noi per le allucinazioni di quel povero pazzo, le devo chiedere un consiglio: belìn, io sono pazzo per il pesce, ma belìn, lei lo sa, no? A bordo c'è solo pesce congelato e, mi raccomando, non lo dica a nessuno, tutte le volte che lo divoro due ore dopo ho delle strane visioni, che posso fare?» e il medico: «Rinunci al pesce congelato!».

«No, non ce la farò mai! Belìn, è il piatto tradizionale camoglino: stoccafisso accomodato, anche surgelato, con i pinoli e le olive nere. Mi dichi, piuttosto, che tipo di farmaco mi converrebbe assumere per evitare questo inconveniente?»

«Guardi, ogni volta che assume del pesce congelato, prenda una pastiglia da venti grammi di Canesan, che è utilissimo anche contro il cimurro.»

«Belìn! Dottore, non sono mica un cane, io!»

«Sì, d'accordo, ma non esageri nel dosaggio, perché ha delle controindicazioni precise.»

«E cioè?»

«Potrebbe prima cominciare ad abbaiare, anche se è a cena con ospiti illustri o al ballo del benvenuto e, in certi casi, a latrare contro la luna piena!»

«Belìn dottore, che quadro impressionante! Comunque non si preoccupi, buonanotte, e grazie!»

Il comandante si rimette a guardare con il binocolo la costa francese; a un tratto sente alle sue spalle un forte odore di stalla. «Nostromo, quante volte la devo pregare di fare la doccia quando viene qui in plancia?» Il nostromo non risponde, il comandante abbassa il binocolo e mentre si volta: «Allora, ha perso l'uso della parola?». A quel punto vede il toro che sta timonando la nave e cade giù come un sacco.

Un'ora dopo il vippista è arrivato al suo cubicolo.

La porta è aperta. C'è un fortissimo odore di stalla. Si avvicina molto lentamente, ma non ha paura, perché è decisamente rincoglionito dal pastiglione di Cavaldormir. Mette il piede dentro la stanza, ma dall'interno qualcuno chiude la porta violentemente; poi si sentono due giri di chiave. Bussa: «Senta, signore, per favore, mi apra la porta, sono disposto a cederle il mio letto e a dormire per terra».

Nessuna risposta. Comincia ad alterarsi: «Senta animale, guardi che sfondo la porta e la faccio fare a quarti!» e qui comincia a urlare: «E poi ti faccio portare nei frigoriferi, e nella prossima crociera ti scarico al centro di raccolta di Tunisi!». Si volta, alle sue spalle ci sono due crocieristi danesi con gli occhi pallati dallo stupore. E lui: «Mi dovete scusare, signori, ma c'è un toro Miura che si è chiuso dentro la mia stanza, e questo stronzo non vuole aprire!», i due cominciano ad avere paura e si allontanano con prudenza. «Vabbe'» fa lui «c'avete ragione. Poi un giorno vi spiego tutto.» Quando quelli sono lontani, si toglie i pantaloni, li appallottola con cura, si sdraia davanti alla porta, appoggia la testa sopra a quel cuscino di fortuna e si rassegna a dormire nel corridoio. Prima di addormentarsi sente che il toro passeggia nervosamente, respira a fatica, batte la coda violentemente contro le pareti. Lui sorride: «Peggio per te, *cobarde*! Io dormo». Da dentro, il toro emette un muggito sordo e disperato.

La tragica confessione

È l'ultima sera, e siamo alla festa di addio alla crociera. Stelle filanti, musica messicana, ballano e bevono tutti. Insomma, un clima di sfrenata allegria. Irrompe la femminista da battaglia: «Zitti tutti! Fermate la musica!». Proteste da varie parti: «No, no, buttatela in mare quella rompipalle!». Lei monta su un tavolo, è mascherata da passeggera che partecipa alla festa: naso da clown, cappello a cono, tutta fasciata da stelle filanti. Si libera dal travestimento ed eccola nella sua mise originale, giacca a vento verde e basco nero, sembra una Che Guevara al femminile. «Sono costernata, perché vi lascio con la vostra visione del mondo insopportabile. Non sono una rompipalle come dite voi, sono una persona! E ripeto, una persona che ha una visione del mondo proiettata verso un futuro nel quale ci sarà finalmente, non solo una parità di diritti, ma una vera parità culturale! Uomini e donne con le stesse *chances*, le stesse possibilità. Quelle possibilità che i politici, per catturare voti dal numeroso elettorato femminile, promettono. Non è vero: state attenti, è una truffa! La cultura maschilista ha cercato di stabilire che le donne hanno quasi un'inferiorità mentale, e ci ha ridotte a cittadine di seconda classe. Io vi lascio in un mare di merda a galleggiare come stronzi in questa maledetta cultura maschile egoista, stupida, che ha stabilito che la condizione delle donne è quella di stare a casa a lavorare a maglia e a fare le serve. La vostra è una cultura stupida che ha preso il sopravvento solo con la violenza fisica. In tutto il mondo il 99 per cento dei mariti bastonano, picchiano e seviziano le loro compagne. Il 99 per cento delle donne non sanno che cos'è un orgasmo, perché agli uomini non gliene frega niente della sessualità delle donne, né si preoccupano di capirla. Le donne sono dei contenitori di sperma, roba da rabbrividire, credetemi!» Sul fondo si alza il fichista e applaude: «Ben detto, è vero. Parole sante!». Poi fa marcia indietro: «No, volevo... sto scherzando...».

«Il signore lì» l'ex femminista da battaglia lo indica minacciosa «quella specie di rettile non scherza affatto: rappresenta l'essenza di una cultura agghiacciante, che ha costretto noi donne a rinunciare alla sessualità, alla felicità coniugale. Molte di noi, le più coraggiose, hanno scelto la libertà e la felicità della solitudine. Anche se vi confesso che la solitudine alla mia età... vedete, io non ho mai avuto un rapporto con un uomo, l'ho sempre rifiutato; sono quella che voi chiamate con disprezzo "una zitella" e sono diventata invece "femminista da battaglia".» Si avvicina il nostromo: «Signora, scusi, guardi che dobbiamo chiudere le luci, perché la festa è finita». Calano le luci. La povera donna resta sola sul tavolo. Non applaude nessuno. Vanno via tutti commentando: «Certo che quell'imbecille ci ha rovinato la festa d'addio!», «Non dovrebbero essere ammesse queste pericolose mentecatte...».

Lei: «Un momento! Volevo... per favore...» ormai è buio. «Volevo dirvi ancora... non so se l'avete capito... Scusatemi, abbiate pietà, non andate via! Vi devo fare una confidenza! Io sono così arrabbiata e risentita perché sono sola... Non l'ho rifiutato, è che non ho mai avuto un rapporto sessuale con un uomo. Abbiate pietà di me, sono una povera donna, sola come un cane, a me fa schifo fumare la pipa! Ma non l'avete capito? Io ho tanto bisogno di un compagno, anche di un cretino come quello là in fondo.» Fa capire che è il fichista. «Mi basterebbe anche uno come il nostromo, che puzza come una capra marcia dopo una giornata di pioggia, un nano, un gobbo, scusatemi, senza offesa: ci sono gobbi disponibili in sala?... Perché io sono femmina fino in fondo, sarei anche una compagna devota, saprei fare anche dei buoni machinaretti... ma... manachi... manicaretti, farei la serva, aiutatemi, non c'è qualcuno, un topo, qualcosa di osceno, una scimmia, ma non lasciatemi sola così!» Si chiudono le porte.

L'arrivo

Sono le dieci del mattino, non c'è una bava di vento, neppure la più piccola nuvola in cielo e il mare è calmissimo. È il classico clima da "crociera che sta per terminare". Siamo in vista di Sanremo, la nave alle quattro del pomeriggio arriverà a Savona. I passeggeri sono già vestiti da città: hanno le valigie pronte, sembrano un po' dispiaciuti per la fine di quell'avventura. Sono quasi tutti sul ponte, è il momento dello scambio degli indirizzi. Uno di Bolzano promette a una ragazza di Crotone: «Guarda, io da Bolzano devo andare a Mosca, ma potrei fare una deviazione e fare un salto a salutarti».

Molti sembrano diventati amici, sono tutti sicuri che avranno occasione di rincontrarsi. C'è una giovane madre con in braccio un bambino biondo bellissimo. Il vecchio barman Rapetti bofonchia: «Non è mai successo che qualche crocerista ne abbia rivisto un altro, mai. È quarant'anni che navigo, c'ho esperienza, vi giuro, non è mai successo».

Arriva furtiva al bar la maestrina "dichesegnosei?", si guarda in giro prudentemente, controlla che non ci sia il feroce cartesiano puro. Si avvicina a un gruppo di scambiatori di indirizzi, sale su una sedia di vimini: «Signori, un momento di attenzione! Devo fare una domanda a tutta la nave: di che segno siete?». Sorridono tutti e qualcuno risponde distrattamente: «Io? Capricorno», un altro: «Bilancia!». La maestrina li ferma con grande autorità: «Signori, qui non si può scherzare, devo sapere con esattezza il vostro segno di appartenenza ma, soprattutto, gli ascendenti. Solo così potrò fare delle previsioni esatte. E ora esigo venti minuti di silenzio totale. Signori passeggeri, componenti dell'equipaggio, barman e aiuto barman, camerieri e ufficiali tutti, su fino al ponte di comando, fate attenzione! Ripeto: fate attenzione! È un momento straordinario». Da dietro il banco del bar risale lentamente la faccia del cartesiano puro. Sibila beffardo: «Signori, state vivendo tutti un momento unico della nostra vita...». La maestrina non ha sentito quello che ha detto il serpente. Ora ha la vena del collo turgida, urla in uno stato di esaltazione incontrollabile, anche fisicamente sta cambiando in maniera impressionante, gli occhi quasi fosforescenti, il naso sembra il becco ricurvo di un condor, le dita degli artigli: «Attenzione! Tutti i signori che ho chiamato in causa, che sono del segno della Vergine con ascendente Bilancia...». Il cartesiano puro da dietro il banco soffia ferocemente: «Facciamo tutti attenzione, perché qui c'è da tremare dalla paura...» e il condor, implacabile: «Attenzione! Devono stare attenti, perché nella giornata di oggi potrebbero avere qualche leggero problema di salute...». Il serpente cartesiano a questo punto alza la voce: «Ma vi rendete conto? Vi domando perché dobbiamo subire queste umilianti esibizioni di ignoranza? Avanti, lo voglio sapere!».

In quel preciso istante, un quarantaduenne di Macerata che stava scrivendo al bar il suo indirizzo a una coppia di amici, va giù con la testa, picchia violentemente la fronte sul banco e rimbalza sul pavimento. Resta immobile. In un silenzio orrendo il barman scavalca il bancone agilmente, lo tocca, gli appoggia l'orecchio sul cuore, si rialza lentamente e con tono solenne dice: «È morto». E poi, alla moglie: «Di che segno era questo disgraziato?» e la donna molto pallida: «Vergine, ascendente Bilancia...». In quel preciso istante, dal ponte superiore si sente un urlo disperato: «Aiuto! Aiutatemi!». È la giovane madre che abbiamo visto un attimo prima con il bambino biondo in braccio. «Il mio bambino è Vergine ascendente Bilancia! Che posso fare? Chiedo aiuto a tutti!» Ma poi l'urlo le si strozza in gola: «Nooooooo! Noooooo! È terribile!» e tutti vedono che al posto del piccino la povera donna stringe fra le braccia un piccolo scheletro. A non più di dieci metri c'è un tavolino: una piccola famigliola di Asti sta facendo colazione. Il padre davanti ai suoi due bambini gemelli Piero e Paolo, che i vicini di casa chiamano "Peppao", abbassa la testa perché non vuole che si veda che sta ridendo della grossa: «Ma vi rendete conto delle baggianate che sta urlando quella poveraccia in piedi sulla sedia?... Allora: io dovrei preoccuparmi del mio stato di salute perché io, cari bambini, sono Vergine ascendente Bilancia? Invece eccomi qui, in perfetta...» non finisce la frase. Si immobilizza, diventa bianco, poi bianchissimo, infine una statua di gesso. La statua si riempie di crepe e cade in pezzi sul pavimento. I due gemelli rimangono con le bocche spalancate, la moglie Maria Pia comincia a urlare: «Aiutatemi, aiutatemi almeno a raccogliere i cocci!». Arriva l'aiuto barman: «Vuole che mi procuri un sacchetto di plastica?». Maria Pia urla: «Vada via, cretino! Bisogna chiamare il medico di bordo!». Arriva il veterinario. È in mutande: «Scusatemi, stavo schiacciando un pisolino... ma eccomi pronto: che succede qui?», la moglie: «Mio marito sta male! Facci qualcosa!».

«E dov'è suo marito, mi scusi?» poi vede i cocci per terra. Si rivolge al barman: «Rapetti, per favore, dia una scopata che devo lavorare! Per favore, signora, mi dichi dov'è suo marito!».

La moglie è catatonica, tiene la testa bassa e poi indica i cocci sul pavimento.

Il veterinario: «Ma che cazzo è successo? Qui c'è solo una statua di gesso piena di crepe!». Interviene Gino Gini, il colmista: «Scusate, signori, ma approfitto del momento per una freddura: si può dire che il signore qui per terra è... crepato?», la moglie comincia a urlare piangendo.

A questo punto scavalca il bancone del bar anche il cartesiano puro: «Signori, non vi lasciate suggestionare; è una semplice e miserabile serie di coincidenze! Tutto quello che avete visto era prevedibile, si tratta di eventi che il calcolo delle probabilità accetta come possibili in mezzo a milioni e milioni di altre possibilità. Io, per esempio, che dovrei essere del segno della Vergine, me l'ha detto una volta una stupida imbecille: "Lei è Vergine, ascendente Bilancia", eccomi qui, sano e sa...» e qui la voce gli si spegne in gola. Cade all'indietro con una specie di salto mortale, picchia la nuca con violenza sullo spigolo di una poltrona di ferro, rimbalza fuori dal parapetto e, con un suono da grosso gong tibetano, picchia la fronte contro la parete di metallo del ponte inferiore, rimbalza, acquista velocità e va a finire sul telo bianco che copre una scialuppa di salvataggio e, come se fosse caduto su un tappeto elastico, prende il volo: va su in silenzio per quasi venticinque metri e qui viene centrato in pieno da due colpi di fucile di un passeggero svedese che partecipa al tiro al piattello. Va in pezzi e cade in mare. Anche stavolta la schiuma delle eliche diventa rosso sangue. Lo spettacolo è così straordinario che molti passeggeri applaudono con entusiasmo, poi silenzio assoluto.

Il gruppo di scambiatori di indirizzi si scioglie. Nessuno commenta.

Nella notte, verso le due, un marinaio addetto alla chiusura delle sdraio in legno ne vede due ancora aperte. Su una c'è sdraiato un giovanotto in costume da bagno con gli occhiali da sole, sull'altra è seduta la giovane fidanzata. Non parla. Il marinaio si avvicina e timidamente dice: «Posso essere utile?», la ragazza non risponde e fa un segno con la testa indicando il fidanzato. Il marinaio: «Ma che cosa è successo?».

«Lo tocchi.»

«Ma è freddo e rigido come un morto...»

«Sì, lo so, pensi che strana coincidenza, era Vergine ascendente Bilancia!» e il marinaio: «E ora che ne facciamo?».

«Lo butti in mare. Le do una mano io» e mentre lo trasportano verso il bordo della nave, il marinaio cerca di consolarla: «Vedrà signorina, che ne troverà un altro, però non di questo segno. Alle volte è meglio cambiare...».

A terra

La crociera è finita. Sul molo niente decorazioni colorate, non c'è musica perché le orchestrine di bordo si sono barricate nelle loro cabine. Una decina di mariti che erano stati "costretti" a rinunciare a quella magnifica crociera sono distrutti da una settimana di attività sessuale straordinaria con le amanti. Si è poi saputo che il 30 per cento di queste signore sono in realtà dei colleghi di ufficio.

Sulla calata aspettano anche cinque carri da morto, che avidi impresari di pompe funebri hanno mandato per ogni evenienza. Compare sul ponte di comando il comandante Schiaffino. È in alta uniforme dalla cintola in su, sotto è in mutande a causa della sua oscena pigrizia. Prende un megafono in mano: «Signori passeggeri, sono spiacente di dirvi che per cause di forza maggiore la visita a Savona è stata annullata; ma ci rifaremo la prossima volta. Ringrazio i passeggeri superstiti per il loro comportamento esemplare e mi dispiace che il 78 per cento dei croceristi sia andato perduto durante il viaggio. Alle loro famiglie vanno le più sentite condoglianze da parte mia e di tutto l'equipaggio».

Si sente un colpo di fucile e il comandante Schiaffino scompare. Al ponte del tiro al piattello c'è ancora il passeggero svedese con la doppietta fumante. È ubriaco, sghignazza e canta una canzone popolare scandinava.

Pochi i taxi in attesa e i passeggeri più anziani vengono caricati a forza sui carri funebri. I cocchieri non chiedono gli indirizzi, ma li portano velocemente a un cimitero marino straordinario organizzato dall'armatore in una vecchia discarica.

Arnoldo Mondadori Editore S.p.A.

Questo volume è stato stampato
presso Mondadori Printing S.p.A.
Stabilimento Nuova Stampa Mondadori - Cles (TN)

Stampato in Italia - Printed in Italy